El cuaderno tachado

RESERVOIR BOOKS

Nicolás Giacobone
El cuaderno tachado

Cuaderno tachado

Todo empezó con un guión cinematográfico.

Un guión que no debería haber escrito.

<u>Amadeus</u> es un gran guión.

Lo leí más de diez veces, lo estudié, lo mastiqué, lo tragué, luego me metí los dedos hasta la garganta.

<u>Amadeus</u> fue una buena obra de teatro, luego un gran guión.

El guión supera por mucho a la obra de teatro.

Peter Shaffer se superó a sí mismo convirtiendo su propia buena obra de teatro en su propio (o no tan propio) gran guión cinematográfico.

Peter Shaffer no pudo haber imaginado, mientras escribía la obra de teatro, que F. Murray Abraham iba a hacer lo que hizo frente a las cámaras que filmaron su guión cinematográfico; ignoraba por completo que su obra de teatro iba a terminar siendo una película, y que esa película iba a ganarlo todo, y que F. Murray Abraham iba a hacer lo que hizo: ponerle cuerpo y alma a la mayor exposición jamás vista de la lucha entre el artista y su irremediable mediocridad.

¿Qué nombre esconde la efe de F. Murray Abraham?

Ferdinand.

Filomeno.

Federico.

Santiago Salvatierra dice que la efe no significa nada, que el nombre original de F. Murray Abraham es <u>Murray Abraham</u>, y que Murray se agregó la efe con punto porque a su parecer sonaba mejor.

Santiago me dijo que F. Murray Abraham es una persona despreciable.

Le pregunté cómo lo sabía, y me miró de esa manera en la que me mira cuando le hago una pregunta que no quiere que le haga, y salió del sótano y cerró la puerta.

F. Murray Abraham es un genio despreciable, dijo.

Pero ¿no somos todos de alguna manera despreciables?

El problema no es ése, no, el problema es que la mayoría de nosotros no somos genios.

La <u>gran</u> mayoría.

Peter Shaffer es un genio.

¿Es?

¿Era?

Peter Shaffer escribió su obra de teatro, y luego su guión, en una máquina de escribir en un cómodo despacho con amplias ventanas y veladores de todos los tamaños para las horas sin sol.

Yo vivo en un sótano.

Hace cinco años que vivo en este sótano.

Tengo un velador que ilumina poco y nada.

Escribo en este cuaderno de seis de la mañana a siete de la mañana.

Tacho lo que escribí los minutos anteriores a que Santiago baje con su silla, la taza de café, el platito con fruta y las escenas impresas con sus notas: márgenes repletos de comentarios por lo común lamentables.

Esto que ustedes leen (si es que hay un ustedes) no es más que páginas tachadas, un texto escrito a las apuradas en un cuaderno escolar Rivadavia que traje de Buenos Aires.

Un texto en tinta azul, camuflado por prolijos tachones en tinta negra.

Tengo cuarenta y cinco años.

Hace unos veinte años que escribo.

Aunque los primeros años no escribía, intentaba escribir.

Eso sí, intentaba durante ocho, nueve horas al día.

Al terminar el secundario me había anotado en la Escuela de Música de Buenos Aires.

Quería ser sesionista.

Instrumento de elección: guitarra.

Pero no se llega a ser sesionista cuando se empieza a los diecinueve.

Ni siquiera estuve cerca.

Me borré del conservatorio antes de terminar el segundo año, harto de ver y oír a esos nenes y nenas que aún no habían terminado la escuela primaria tocar sus instrumentos como si fueran extensiones naturales de sus brazos y piernas y bocas.

La guitarra en mis manos era una impostura.

No sé si "impostura" es la palabra correcta.

Suena bien.

Cada mañana, luego de desayunar un café con leche batido Dolca con tres galletitas Lincoln que mojaba en el café con leche hasta casi deshacerlas, me encerraba en mi cuarto (mi diminuto cuarto donde sólo entraba una cama angosta y corta, el amplificador Marshall que había comprado en treinta y seis cuotas, el atril con las partituras y los ejercicios de audioperceptiva y lectoescritura musical, el estéreo Technics de cuatro pisos que había comprado en veinticuatro cuotas, discos y libros desparramados en el suelo), empuñaba la guitarra Fender Stratocaster mexicana que había comprado en doce cuotas y mis manos necesitaban al menos media hora para entender qué era ese objeto alargado que las forzaba a manosear.

Cuando asumí mi fracaso como estudiante de música y mi futuro de sesionista se esfumó, mis viejos, como casi todos los viejos del mundo, me preguntaron qué pensaba hacer de mi vida:

¿Cuáles son tus planes? Queremos ayudarte, pero necesitamos saber qué es lo que pensás hacer, lo que querés hacer. Necesitamos estar seguros de que sabés qué es lo que querés hacer.

Les dije que lamentablemente no tenía la menor idea.

No les gustó que les dijera eso.

Durante veinte minutos se dedicaron al peceto al horno con puré de calabaza, en silencio, sin mirarme, sin mirarse, los ojos iban de la nada al plato y de vuelta a la nada.

Mi viejo trabajaba para un millonario dueño del veinticinco por ciento de los free-shops del mundo.

Su obligación era calificar a los empleados.

Viajaba una vez por mes (principalmente a ciudades de Latinoamérica y Europa), se instalaba en un hotel cercano al aeropuerto, y durante dos días recorría los distintos free-shops, anotando en un cuadernito de tapa color crema los detalles tanto espaciales como humanos.

Era un obsesivo del orden y la limpieza, un creyente fanático en su propia manera de ver las cosas.

Una sola vez lo acompañé, a Río de Janeiro.

Se acercó a uno de los empleados del free-shop más grande del Aeropuerto Internacional Tom Jobim y, en un portugués perfecto, le preguntó por qué las botellas de Johnnie Walker Red estaban en el estante de arriba de las de Johnnie Walker Black, cuando claramente el Johnnie Walker Red era de calidad inferior al Johnnie Walker Black; y no sólo eso, por qué las botellas de Johnnie Walker Red estaban en sus cajas y las de Johnnie Walker Black no, cuando las cajas de Johnnie Walker Red no tienen nada de impresionante, no llaman la atención en lo más mínimo, y las de Johnnie Walker Black nos seducen de inmediato con sus contornos dorados y sus letras doradas; y además, el barnizado de las cajas llama muchísimo más la atención, brilla más, sobre el negro que sobre el rojo.

El empleado permaneció un rato largo mirándolo, sin decir nada, como si mi viejo fuera un asesino serial que le estaba explicando tranquilamente cómo pensaba matarlo, a él y a su familia, y cómo pensaba deshacerse de los cuerpos.

Años luego, en uno de esos vuelos, mi viejo se levantó para hacer pis en medio de la noche, se metió en el bañito del avión, cerró la puerta, y mientras meaba apoyó la frente contra la pared curva intentando descansar la cabeza, pero antes de que terminara de soltar las últimas gotas una turbulencia inesperada sacudió el avión con furia y le partió la nuca, a mi viejo, que aún permanecía con la frente apoyada contra la pared curva y los pensamientos en cualquier lado.

Queremos ayudarte, hijo.

Era raro que me llamaran "hijo".

Muy pocas veces me habían llamado "hijo".

Me llamaron "hijo" una noche en el Hospital Italiano, luego de que, a los dieciséis años, con Lisandro, mi único amigo, nos pusiéramos un palo en Libertador.

11

Nos habíamos bajado una botella de vodka Smirnoff que mezclábamos con Sprite y jugo de limón Minerva.

Tocamos el cordón de la vereda con la rueda delantera derecha, y el auto dio un giro de doscientos cuarenta grados, aproximadamente, y otro auto que venía a una velocidad excesiva se clavó contra nuestro baúl; salimos disparados, apretujados y disparados al mismo tiempo, y algo explotó, en nuestro auto o en el otro, pero por suerte nadie terminó herido de gravedad.

Casi nos matás del susto, hijo.

Mi vieja había querido ser actriz, durante más de una década luchó por ser actriz, hasta que se hartó de luchar y armó con dos amigos un grupo de animación teatral infantil.

Tuvo mucho éxito.

<u>Muchísimo</u> éxito.

Incluso, hace cinco años, cuando me subía al avión que me trajo a San Martín de los Andes, y finalmente al sótano de la casa de Santiago Salvatierra, mi vieja, ya casi con setenta cumplidos, aún seguía viviendo de la animación infantil, no como animadora sino como coordinadora de un grupo de actores y actrices jóvenes que, al igual que ella, habían luchado por ser actores y actrices de teatro, cine y televisión, y habían sido de forma casi siempre brusca rechazados por el teatro, el cine y la televisión.

Cuando mi viejo falleció, con mi vieja nos mudamos a un departamento más chico (un dormitorio con baño y cocina), donde compartíamos una cama king que apenas dejaba espacio para que pudiéramos abrir los roperos.

Luego de borrarme de la Escuela de Música de Buenos Aires, pasé varios años sin saber qué hacer.

Vivía con mi vieja, y desayunaba y cenaba con mi vieja, y durante el día me iba a un bar a leer.

Cualquier cosa.

Andaba siempre con un libro usado que al terminar canjeaba por otro libro usado.

Me encontraba con mi amigo Lisandro a tomar algo a la tarde. Un cortado.

De vez en cuando un Fernet con Coca.

Un helado de chocolate suizo y frutilla al agua.

Si conocía a una chica en alguno de esos cafés o bares o heladerías, rogaba que tuviera un lugar donde pudiéramos vernos a solas, que si vivía con su familia al menos tuviera un cuarto para ella donde nos pudiéramos encerrar.

No conocí muchas chicas, y las pocas que conocí me abandonaron al descubrir que compartía la cama con mi vieja.

No había caso.

Ni les importaba que les mostrase que era una cama king, tan grande que con mi vieja ni nos rozábamos a la noche.

Acá en el sótano no tengo cama.

Santiago tardó varios días en traerme un colchón.

Esperó a que le entregase el primer acto terminado.

Esperó a comprobar que el primer acto funcionaba, que yo funcionaba.

Ahora paso las noches en un colchón que, según Santiago, perteneció a su hijo Hilario.

Un pendejo caprichoso (según Santiago) que no puede pasarse más de cinco minutos concentrado en algo, cualquier cosa. Ni unos putos cinco minutos. Que dibuja como los dioses, es un talento innato para el dibujo, pero al que no le interesa en lo más mínimo dibujar. No le interesa en lo más mínimo nada.

En aquel momento le dije que yo, a la edad de Hilario, tampoco solía interesarme por nada. Nada de nada. Y que mi vieja había sufrido mucho por eso.

Pero vos al menos leías, me dijo. Podías terminarte un libro, o aprender una canción en la guitarra. Este pendejo no sirve ni para hervir un huevo. Se aburre a la mitad. Y el huevo queda ahí, pasándose, hasta que se rompe y la clara se vuelve espuma.

Tenés que darle tiempo.

¿Tiempo? Está por cumplir veinticinco años.

Hoy en día los veinticinco son como los quince de antes.

¿Quién lo dice?

No sé.

Suena a pelotudez.

Santiago vivió un tiempo en España, México, Venezuela, Ecuador, Cuba, algunos meses en Bolivia, Perú, Chile, Paraguay, Uruguay, tres semanas en Jamaica, dos en Panamá, y unos pocos días en Colombia.

Construyó su fama de más grande director de cine latinoamericano de todos los tiempos chupándoles las arcas a los institutos cinematográficos de los países de habla hispana, convenciéndolos con su personalidad cálida y expansiva, y con su labia interminable.

Santiago Salvatierra es un director de los grandes; los grandes en serio.

Su trabajo de cámara y su dedicación con los actores, su exigencia, es inigualable.

Una mezcla de energía colosal y buen gusto; <u>excelente</u> gusto.

Un desborde de talento aplicado a lo que se ve.

Sus tomas rebalsan la pantalla, te mojan, te despeinan, te abrazan, te murmuran cosas al oído.

Santiago nació para dirigir cine.

Una persona construida con el único fin de ponerse detrás de una cámara.

Desde la cuna.

Sin educación de por medio.

Ambiciosamente autodidacta.

Un globo de carne y hueso cargado de imágenes eternas.

El problema de Santiago es que no sabe escribir.

Su genio, el que revienta las pantallas, desaparece frente a la página en blanco.

Santiago es dos artistas a la vez: el director que desayuna con Fellini y Kurosawa, y el guionista que abre la puerta del taller de guión con timidez y se sienta a una mesa con seis amas de casa aburridas.

No, el problema de Santiago no es que no sepa escribir.

Muchos directores no saben escribir.

El problema de Santiago es que <u>se cree</u> que sabe escribir.

Se cree guionista.

Se cree autor cinematográfico, en su expresión más acabada.

Muchos directores se creen autores cinematográficos en su expresión más acabada, como si sólo ser director no fuese suficiente, como si dirigir una película que no escribieron fuese dirigir la película de otro, o una película no del todo propia, como si una película escrita por una persona y dirigida por otra no tuviese autor, fuese una película huérfana, o no, peor, adoptada por varios; un hijo con demasiadas madres.

La mayoría de los directores no saben escribir.

Me juego lo poco que me queda, la esperanza de que mi vieja esté viva, a que tengo razón.

El noventa y nueve por ciento de los directores no saben escribir.

A nadie importa que yo diga esto.

¿Quién va a hacer el esfuerzo de leer lo que escribí en este cuaderno y luego taché?

¿Quién anda con ganas de descifrar tachones?

El noventa y nueve coma cuatro por ciento de los directores no saben escribir.

¿Cuál es el problema?

No se preocupen.

Hay miles de guionistas desparramados por ahí, viviendo en zanjas como criaturas beckettianas, esperando la oportunidad de ayudarlos.

La película va a seguir siendo de ustedes, sólo de ustedes, y un poquito nuestra.

Pongan su nombre bien grande en el póster.

Simplemente no intenten hacer lo que nosotros sabemos hacer y ustedes no, no sean tan engreídos de creer que escribir un guión es algo que puede hacer cualquiera.

El noventa y nueve coma dos por ciento de los directores piensan que escribir como Peter Shaffer es posible; cuestión de sentarse y hacerlo; cuestión de leer un par de libritos sobre las reglas básicas de cómo escribir cine y ya.

* * *

Santiago se acaba de ir con su silla.

Trajo la taza de café, el platito con fruta y las escenas impresas con sus notas.

De las más de cuarenta notas, hay tres que valen la pena.

Como todas las mañanas, entró al sótano, prendió la luz, se acercó al colchón y puso la taza de café caliente bajo mi nariz.

Como todas las mañanas, me hice el dormido.

Luego nos sentamos (él en su silla y yo en el colchón) a discutir sus notas.

Con el tiempo, a lo largo de los dos guiones que escribí en el sótano, aprendí que lo mejor es no ponerse en contra de Santiago; no rechazar sus comentarios, aunque sean completamente inadecuados, como suelen ser los comentarios sobre algo escrito de personas que no saben escribir.

Con el tiempo aprendí que se puede escribir una versión buena de cualquier cosa, que lo mejor es tomar la nota (no literalmente), ponderarla, y escarbar en la nota hasta encontrar qué es lo correcto en esa nota (lo correcto para mí, no para Santiago), qué esconde esa nota que no descompone lo ya escrito sino lo enriquece.

Un proceso agotador, lo reconozco.

Pero toda colaboración es agotadora.

<u>Debe</u> serlo.

Al menos toda colaboración entre dos artistas que se precien.

Dos artistas que no sean hermanos siameses separados al nacer.

Éste es el tercer guión que escribo para Santiago.

Los dos anteriores, como se sabe (aunque no se sepa que fui yo el que los escribió), arrancaron al cine latinoamericano de su profunda siesta y prendieron fuego las salas.

Las dos últimas películas de Santiago Salvatierra no sólo fueron un éxito descomunal en la taquilla, sino que ganaron gran parte de los premios existentes, desde la Palma de Oro en Cannes, pasando por el Goya, BAFTA, Globo de Oro, y terminando, ambas películas, con el Oscar a la mejor película extranjera.

Primera vez en la historia que un director gana dos Palmas de Oro seguidas.

Tercera vez en la historia que un director gana dos Oscar a la mejor película extranjera seguidos; los otros dos: Ingmar Bergman y Federico Fellini.

Pero este tercer guión es el más difícil.

Este tercer guión es el que, en palabras de Santiago: va a conseguirlo todo.

Todo todo.

Y cuando Santiago dice "todo todo", se refiere específicamente a Hollywood.

Este tercer guión (es decir, la película que surja de este guión) es el que va a prender fuego las salas de Estados Unidos, que va a romper todos los récords de taquilla, incluso en países como Japón y China, y va a terminar arrasando con los Globos de Oro y los Oscar en sus categorías generales, no reducido al rubro de película extranjera.

Según Santiago, esta película va a ser tan grande que ni siquiera importará el premio.

Además de mejor película y mejor director, y mejor actor y actriz, y mejor actor y actriz de reparto, y mejor cinematografía, y mejor banda de sonido, las dos últimas películas de Santiago, las que escribí para él, ganaron varios premios al mejor guión.

Santiago recibió varios premios como guionista.

Su locura, o su ego, o su desfachatez, le permite sentarse frente a mí e informarme de los premios que ganó como guionista; contarme que se hizo miembro de los sindicatos de escritores de los países más importantes, incluido el Writers Guild of America, rama Oeste.

Le pregunté si podía asociarme a Argentores, la Sociedad General de Autores de la Argentina, y su risa exagerada se multiplicó en el sótano.

Una risa que es siete risas a la vez: siete versiones de Santiago, de siete edades diferentes, riendo al mismo tiempo.

Me dijo que la mayoría de los sindicatos de escritores de países importantes le ofrecían un seguro médico de primer nivel, que los últimos años había podido enfermarse en cualquier parte del mundo sin tener que pagar un peso.

El Writers Guild of America me cubre hasta el dentista, me dijo, miles de dólares en dentista. A veces, cuando estoy arriba en casa aburrido, pienso en viajar a Estados Unidos, y unos minutos luego de aterrizar arrancarme una muela con una tenaza, para usar parte de esa plata que, si nadie la gasta, seguro se la queda un grupo de gente que no tiene la más puta idea de lo que es escribir.

Santiago me prometió que acá abajo nunca va a faltarme nada, que las necesidades básicas, y otras no tan básicas, van a estar siempre cubiertas.

Si te duele la cabeza, Norma te baja aspirinas, me dijo. Si te duele la panza, buscapina. Fiebre, ibuprofeno. Si te agarra dolor de muelas, Norma llama al doctor Miranda.

Por suerte, hasta ahora, en los cinco años que llevo en el sótano, nunca me agarró dolor de muelas.

El año pasado, o el anterior, me empezaron a sangrar las encías, y Norma me trajo unos palitos con pelo artificial, tipo cepillitos, marca Gum (me los paso entre los dientes todas las noches), que me desinflamaron las encías dejándomelas planas y rosadas.

Tampoco me falta sol.

El sótano tiene un rectángulo de ladrillo de vidrio por donde entra un poco de sol a la mañana.

Este rectángulo es esencial, según Santiago.

Me pide que me ubique bajo el rayo de sol al menos una hora al día, para que no me quede sin vitamina D, porque la falta de vitamina D reduce la cantidad de glóbulos rojos, y no es algo que se pueda solucionar con pastillas.

Norma me baja una vez por semana (los domingos al mediodía) un suplemento vitamínico que trago con un vaso de kombucha casera.

Nunca me habla.

Baja al sótano tres veces por día a traerme comida, oxigenar, hacerme la cama y limpiar un poco.

Las primeras semanas (luego de aquella tarde cuando desperté en el sótano, tras aquella cena con Santiago cuando hablamos de

19

todo) intenté entablar algún tipo de diálogo con Norma, pero como ella no soltaba palabra, ni siquiera me miraba, me di por vencido.

Norma es mexicana.

Eso me dijo Santiago: que se la trajo de México.

Aunque no necesitaba decírmelo, porque Norma, desde el primer día, me viene matando con su comida infernal.

Nadie que no sea mexicano cocina casi todos los platos con chile poblano y cilantro.

Desde que vivo en el sótano, casi todos los platos que comí estuvieron condimentados con chile poblano y cilantro.

Pocos meses tardaron en aparecerme los primeros bubones hemorroidales.

Santiago se ofreció a llamar al doctor Miranda.

Se ofreció a pedirle a Norma que llamara al doctor Miranda.

Pero no fue necesario.

Santiago me dijo que él trataba sus hemorroides con unas pastillas masticables de ruscus aculeatus, lactobacilus sporogens y ácido ascórbico.

Son mágicas, me dijo. Y eso que tengo hemorroides hasta en los huevos. No se puede ser un gran director, el más grande director, si no se tiene hemorroides hasta en los huevos.

Las pastillas empezaron a hacerme efecto en menos de cuarenta y ocho horas.

Ahora siempre guardo un blíster junto al colchón, en una caja de zapatos Camper que llamo "mesita de luz".

Acá abajo no te va a faltar nada, Pablo.

Me faltan un montón de cosas.

Por ejemplo, noticias de mi vieja.

Cuando le pido a Santiago que por favor averigüe cómo está mi vieja, me dice "Sí, claro", y cambia de tema.

Luego, durante los próximos días, le pregunto si sabe algo de mi vieja, y me dice "Aún no", hasta que me canso de preguntar.

En realidad no es que me canse de preguntar, el silencio de Santiago (su no información sobre mi vieja) me hace pensar en una sola posibilidad, y no quiero pensar en esa posibilidad, no me atrevo a preguntarle a Santiago sobre esa posibilidad.

¿Las cosas como están funcionan?

Aunque suene ridículo, creo que me habitué a la vida de guionista encarcelado.

No, encarcelado no, ensotanado.

Llegando al final del primer año encontré una rutina que funciona, y desde entonces la vengo respetando.

Como dije antes, escribo en este cuaderno de seis de la mañana a siete de la mañana.

Luego tacho lo que escribí, de siete de la mañana a siete y cinco de la mañana.

Luego me hago el dormido hasta que baja Santiago, a las siete y diez de la mañana, con su silla, la taza de café, el platito con fruta y las escenas impresas con sus notas.

Trabajamos de siete y veinte de la mañana a una del mediodía, llenamos el pizarrón de garabatos que a veces me cuesta entender.

Luego Santiago se va con su silla, y Norma baja con el almuerzo.

Como solo de una y diez del mediodía a una y media del mediodía.

Luego duermo una siesta de una hora.

De dos y media de la tarde a siete y media de la tarde, escribo; sentado en el colchón, con la espalda contra la pared, tipeo en una vieja MacBook Pro de quince pulgadas a la que le inhabilitaron el wifi, el bluetooth y la entrada de ethernet.

Corrijo las escenas anteriores a partir de las notas de Santiago (por lo común respeto el diez por ciento de sus notas), y luego escribo las escenas nuevas a partir de lo que discutimos con Santiago (por lo común respeto el treinta por ciento de sus ideas).

A las ocho de la noche, Norma baja con la cena y el disco rígido externo, y se lleva las páginas corregidas y las escenas nuevas.

Como solo de ocho y diez de la noche a ocho y media de la noche.

Luego saco las dos <u>Playboy</u> de la mesita de luz (Santiago me cambia las revistas tres veces al año) y me masturbo durante al menos una hora; trato de que el acto de masturbarme dure la mayor cantidad de tiempo.

Luego, de nueve y media de la noche a diez y media de la noche, no hago nada.

Miro el techo.

Tal vez alguna flexión de brazos.

Luego Norma baja a llevarse la bandeja con los platos y cubiertos, y oxigenar el sótano; permanece un rato quieta junto a la puerta, dejando que el tanque de oxígeno renueve el aire viciado.

A veces le hablo, sólo para romperle las pelotas.

Como dije antes, ya no intento sacarle palabra, ya no intento lograr que me mire.

De diez y cuarenta y cinco de la noche a cinco y cincuenta de la mañana, duermo.

Duermo bastante bien en la oscuridad del sótano.

De seis de la mañana a siete de la mañana, escribo en este cuaderno.

Aunque desde que Santiago me propuso escribir el guión que debe conseguirlo todo, todo todo, el cuaderno se ha empezado a cagar en la rutina.

Es una presencia constante.

Como el adicto a una droga fuerte que quiere dejarla pero no se anima a tirar los gramos que le quedan y los esconde, yo escondo el cuaderno durante el día, e intento ignorarlo, pero la necesidad de escribir esto y luego tacharlo me termina ganando.

El cuaderno ya es dueño de mis horas en soledad.

* * *

No recuerdo en qué momento me harté de masturbarme.

No, perdón, no me harté (nadie se harta de masturbarse), empecé a sentir que no era suficiente.

Una mañana se lo comenté a Santiago.

Me miró de esa manera en la que me mira cuando le digo que una de sus notas no funciona, que la escena debe quedar como está, como yo la escribí, para ser realmente efectiva, que su nota, sea agregar o sacar algo, no va a hacer más que lastimar la escena, una escena que así como está cumple por completo la función que debe cumplir.

Tres días después (creo que era viernes) bajó al sótano con una chica alta y delgada, de piel cobriza, cabello negro como el negro del sótano a la noche, y ojos verdes.

Me la presentó como Anita.

Me dijo que, si me parecía bien, Anita iba a quedarse un par de horas conmigo.

No tardé ni medio segundo en decirle que me parecía bien.

Santiago me puso una mano en el hombro, arrojó una caja de forros extra sensitive sobre el colchón, me dijo que no fuera pelotudo y los usara, y salió del sótano silbando "Vení Raquel".

Anita permanecía quieta esperando que le dijera qué hacer.

No sé por qué le pregunté cuántos años tenía.

No hay nada peor que preguntarle a una mujer cuántos años tiene, y más aún cuando es lo primero que nos sale de la boca.

Veintinueve, dijo.

23

En la luz berreta del sótano no le daba más de veinte.

Le pedí que se acercara.

Dio un paso y se detuvo, miró de reojo el colchón en el suelo.

No le gustó que no hubiera cama, tampoco que el colchón fuera de una plaza; no me lo dijo, pero lo vi en sus ojos.

¿Qué hacés acá encerrado?, me preguntó.

Su voz no correspondía con su altura y delgadez: una voz de chica gorda a la que alguien, algún hijo de puta, le había gritado "gorda" en la cara al menos una vez al día durante años.

Escribo, dije.

¿Qué escribís?

Guiones de cine. Largometrajes. Dramas. ¿Te gustan los dramas?

Sí. No tanto. Prefiero las comedias.

¿De dónde sos?

De acá.

¿De San Martín?

No, de San Martín no, de Neuquén. Nací en Zapala.

Me senté en el colchón y con un gesto le pedí que se sentara a mi lado.

Giró hacia la puerta, luego me miró, sonrió, se quitó las sandalias y se sentó en la otra punta del colchón.

En el momento en que Anita se sentaba, me di cuenta de lo horrible de la situación, entendí (creí entender) cuán horrible era esa situación para ella: encerrada durante dos horas en un sótano con un extraño, sin cama, sin ventanas, sin otra luz más que la lamparita que cuelga del techo y el velador.

Le pregunté si quería tomar algo.

Asintió.

Gateé hasta la heladera bajo mesada y la abrí: restos de fruta de la mañana, un cuarto de botella de agua mineral.

Serví agua en el único vaso y se lo ofrecí.

Es todo lo que tengo, le dije.

¿Mineral?

Sí, no tomo otra.

Se mojó los labios, probándola.

Luego tomó un sorbo.

Luego vació el vaso de un trago largo.

¿Por qué vivís acá abajo?, me preguntó.

¿Santiago no te contó?

¿Quién es Santiago?

Le quité el vaso vacío y lo dejé en el suelo, entre el colchón y la pared.

Esa breve charla con Anita (el hecho de que no supiera que el hombre que la trajo al sótano era Santiago Salvatierra, el más grande director de cine latinoamericano de todos los tiempos) me recordó cuán lejos estaba el cine de la mayoría de la gente; el cine llamado "artístico", el que no tiene como único fin entretener.

Algo pasó en las últimas décadas que apartó a la mayoría de la gente del cine llamado "artístico".

Un muro invisible se fue construyendo entre el cine llamado "artístico" y la mayoría de la gente: la que va al cine con el solo fin de distraerse un rato.

En los años cincuenta y sesenta, la mayoría de la gente iba al cine a ver películas de Fellini para distraerse.

Las películas de Fellini eran populares.

Hoy la mayoría de la gente no entiende a Fellini; ni sabe quién es Fellini.

Y algo similar pasó con el teatro, en los últimos siglos: un muro invisible se fue construyendo entre la mayoría de la gente y el teatro llamado "artístico".

En el siglo XVII, la mayoría de la gente iba al teatro a ver obras de Shakespeare.

Se reía y lloraba, se distraía, viendo obras de Shakespeare.

Gente que no sabía leer ni escribir.

Gente sumamente inculta.

Hoy ya casi nadie entiende a Shakespeare.

Ni siquiera la gente que se cree sumamente culta entiende a Shakespeare.

Yo no entiendo a Shakespeare.

Santiago Salvatierra no entiende a Shakespeare.

El más grande director de cine latinoamericano, y pronto mundial, de todos los tiempos no entiende a Shakespeare.

Escribir "Shakespeare" tantas veces me dejó agotado.

Me acosté boca arriba en el suelo.

Me arranqué un moco que hacía rato tenía pegado al techo de la fosa nasal izquierda.

Intenté recordar la letra de "Vení Raquel".

Anita me puso una mano en el muslo; así nomás, apoyó su mano izquierda en mi muslo derecho y apretó.

Quería decirme algo.

Pensé en servirle otro vaso de agua.

¿Cómo te llamás?, me preguntó.

Pablo.

Nadie debería pasar tanto tiempo en un sótano, Pablo. ¿Cada cuánto salís?

Nunca salgo.

¿Nunca?

Nunca.

Alejó su mano del muslo.

Pensé en contarle mi historia desde aquella cena con Santiago cuando hablamos de todo, quise contarle a Anita mi historia desde que escribí el guión sobre el pibe que arroja a su familia en el pozo.

No debería haber escrito ese guión.

No debería haberle mandado a Santiago ese guión.

No debería haberle mandado el guión por mail a la asistente de Santiago para que se lo hiciera llegar a Santiago.

Mi amigo Lisandro me consiguió el mail de Patricia, la asistente de Santiago.

Lisandro trabajó como continuista en un comercial de Gatorade que Santiago filmó en Buenos Aires.

No sé cómo hizo Lisandro, con su cara de ratón asustado, para seducir a Patricia.

Supongo que habrá recurrido a la insistencia.

Lisandro era un maestro de la insistencia; era capaz de hablar con una chica por horas (una chica que desde el primer momento había decidido que entre ella y él no iba a pasar nada, nunca nada) hasta convencerla de ir a otro lado, por lo común a su monoambiente, un cuarto con una sola ventana que daba a una pared de ladrillo.

Supongo que habrá hecho uso de la insistencia para seducir a Patricia.

Se vieron casi todas las noches durante las dos semanas que duró el rodaje del comercial de Gatorade.

Se juraron amor eterno.

Eso me dijo Lisandro.

Arreglaron volver a verse en Cusco, donde Patricia vivía entonces, en una casita a media cuadra de la mansión peruana de Santiago.

Pero Lisandro nunca viajó a Cusco, nunca salió de Buenos Aires, al menos no que yo sepa.

Una mañana, mientras desayunaba con mi vieja mate y vainillas Capri, Lisandro vino de visita.

No podía parar de sonreír.

Me robó el mate y se cebó uno.

Me preguntó si había terminado el guión que estaba escribiendo.

¿Cuál de todos?

El del pibe que arroja a su familia en el pozo.

Aún no le había contado a mi vieja que estaba escribiendo un guión sobre un pibe que arroja a su familia en un pozo; me miró con ganas de preguntarme al respecto.

Aún no lo terminé, dije. Me falta el tercer acto. Hace un mes que estoy trabado en las últimas veinte páginas.

Bueno, dijo Lisandro, cuando lo termines mandá una copia en PDF a esta dirección de mail: ssassistant@gmail.com.

¿Por qué?

¿Por qué qué?

¿Por qué tengo que mandar una copia del guión sobre el pibe que arroja a su familia en un pozo a esa dirección de mail?

Es la asistente de Santiago Salvatierra. Patricia. Estamos saliendo. Me dijo que cuando tengas algo se lo mandes, que ella se lo hace llegar a Santiago.

Mi vieja preguntó quién era ese Santiago.

Un director de cine, le dije, argentino.

Uno de los directores más importantes del mundo, dijo Lisandro.

No del mundo.

Sí, del mundo. Es el nuevo Iñárritu. El nuevo Almodóvar. Más grande que Almodóvar. Menos puto. Menos "mirá qué puto soy y bancatelá".

Anita se puso de pie y, dándome la espalda, empezó a desvestirse.

Su cuerpo era un rectángulo largo y angosto, sin curvas.

Se quitó una gomita de pelo que usaba de pulsera y se hizo una cola de caballo.

Antes de girar, me preguntó por qué no me escapaba:

¿Por qué aceptás vivir en este sótano?

No lo acepto, me obligan. Me tienen secuestrado.

Ahora sí giró, y en su cara había miedo; un miedo auténtico.

¿Estás en pedo?, dijo.

No.

¿Qué tomás además de agua mineral?

Café a la mañana, dije. Un vasito de vino tinto cuando Santiago baja a la noche a contarme sus epifanías de mierda.

No se rió.

Su expresión seria me asustó.

No, no me asustó, me llenó de una preocupación pesada.

No debería haberle contado todo lo que le conté, pensé. La puse en peligro.

Santiago era capaz de cualquier cosa, ya lo había demostrado.

El primer día en el sótano, luego de entender lo que pasaba, luego de discutir durante una hora, luego de amenazarlo con cagarlo a trompadas (aunque tenía un brazo encadenado a un caño que aún hoy no sé para qué sirve), le grité que no pensaba escribir nada para él, nada nada, y que entonces lo mejor que podía hacer era matarme, y Santiago sacó un arma, un revólver, y metió una bala en el tambor, y lo giró, y me apuntó, y disparó, clic, y giró el tambor, y me apuntó, y disparó, clic, y giró el tambor, y me apuntó, y disparó, clic, hasta que me largué a llorar, y Santiago vino y me abrazó (la culata del revólver contra mi espalda), y me dijo al oído que juntos íbamos a hacer arte.

El arte más grande, Pablo. El único arte realmente grande. Porque ya nadie hace arte realmente grande. Nadie. Pero nosotros vamos a hacerlo. Vos me vas a ayudar a hacerlo. Me vas a ayudar a cambiar el mundo. Un mundo que hace décadas no se cambia artísticamente.

Le dije a Anita que, si al salir Santiago le preguntaba de qué habíamos hablado durante estas dos horas, se hiciera la idiota, que ella no estaba al tanto de nada.

¿Y cómo sabés que no nos está escuchando?, me preguntó. ¿Cómo sabés que esa computadora no tiene un micrófono oculto?

Levanté la laptop, la examiné, la giré, la examiné.

La MacBook Pro viene con un micrófono incorporado, pero dudaba de que Santiago pudiera usarlo para escucharnos.

Mi vieja me dijo que le parecía una muy buena idea.

¿Qué cosa?

Mandarle el guión al señor ese, el director de cine.

No es un señor, tiene casi mi misma edad.

Igual, me parece una buena idea. Nunca se sabe lo que puede pasar. Lo que sí se sabe es que, si no hacés nada, entonces no va a pasar nada. No perdés nada mandándoselo.

No va a pasar nada.

No perdés nada.

No va a pasar nada, ma.

No perdés nada.

Bueno, ma, estabas equivocada, porque mandé el guión y perdí la vida, tanto física como intelectual, tanto animal como artística.

Mandarle a Santiago el guión sobre el pibe que arroja a su familia en el pozo fue el mayor de los errores.

No, el mayor de los errores fue aceptar la invitación de Santiago a pasar un fin de semana en su casa de San Martín de los Andes.

En realidad, si lo pienso bien, fue una sucesión de errores, una sucesión que dio comienzo cuando decidí mandarle a Santiago (a la asistente de Santiago) el guión sobre el pibe que arroja a su familia en el pozo, y continuó cuando acepté la invitación de Santiago a pasar un fin de semana en su casa de San Martín de los

Andes, y siguió continuando cuando tomé la estúpida decisión de no contarle nada a nadie sobre el viaje, ni a mi vieja ni a Lisandro, por miedo a mufarla, y siguió continuando cuando en aquella cena con Santiago, cuando hablamos de todo, le conté que no le había dicho nada a nadie del viaje, por miedo a mufarla.

No le dije que era por miedo a mufarla.

La verdad es que no sé por qué le conté que no le había dicho nada a nadie, tanto de su mail felicitándome por el guión sobre el pibe que arroja a su familia en el pozo, como del próximo viaje a San Martín de los Andes.

Por lo común, cuando me junto con alguien que considero superior a mí (intelectualmente superior, artísticamente superior) suelo decir un montón de cosas innecesarias.

No lo puedo evitar.

Siempre me digo, antes de salir a encontrarme con alguien que considero superior a mí, que esta vez no voy a decir nada innecesario, que no voy a hablar al pedo, me lo prometo, con la mano derecha en el corazón, y luego, a los pocos minutos de estar sentado frente a la persona que considero superior a mí, la primera frase innecesaria se me escapa, y al ratito la segunda, y ya no puedo detenerme.

Me separo de mí mismo y me veo hablar.

Me veo decir cosas que no quiero decir, que no es necesario que diga.

* * *

Santiago se acaba de ir.
Está preocupado.
Otra de sus noches escépticas.
Le pasa al menos una vez al mes.

De pronto ve todo mal, quiere reescribirlo todo.

Le pedí que se calmara.

Le dije que lo mejor es dejar pasar unos días, volver a leerlo, no tomar ninguna decisión apresurada.

No, no hay manera, quiere tirarlo todo a la basura.

Camina en círculos, rozando con la mano derecha las paredes del sótano.

Camina en rectángulos.

Separó el colchón de la pared para poder caminar en rectángulos.

Las tres y cuarenta de la madrugada.

Le leí una de las escenas en las que trabajé ayer, y me miró con odio.

Santiago es capaz de odiarme intensamente durante sus noches escépticas; le puedo leer una escena de Edward Albee como si la hubiera escrito yo, y me mira con odio y me pregunta por qué carajo se me ocurrió ser escritor cuando está más que claro que no tengo un gramo de talento para escribir.

Y entonces, por lo común, luego de agarrársela con lo mío, se larga a despotricar contra todos los que alguna vez trabajaron para él (los actores, directores de fotografía, vestuaristas, directores de arte, compositores de bandas de sonido, editores, etcétera), y le pregunta a alguien que no está en el sótano con nosotros por qué carajo tiene que lidiar siempre con semejante grupo de imbéciles, por qué siempre tiene que ser él el que se mata trabajando para salvar las películas de la profunda mediocridad a la que todos los que trabajan para él intentan empujarlas.

Santiago desarrolló al extremo el talento de cargar la responsabilidad en el otro.

Muy de vez en cuando le agarran ataques agudos de lo que él llama "odio a mí mismo".

32

Puedo pasarme dos o tres días rumiando por casa, me dijo, sin mirarme al espejo, a ningún espejo, porque, si me veo, aunque sea de refilón, corro el riesgo de ir hacia mí mismo y lastimarme. Cagarme a trompadas. Una expresión bastante peculiar, ahora que la pienso. Una expresión que pensada literalmente carece de sentido. ¿Cómo se caga a trompadas a alguien? <u>Cagar</u> significa "sacar mierda de adentro hacia afuera". Sacarnos de encima la mierda. La caca. No consigo imaginarme a alguien sacándose trompadas de adentro hacia afuera. ¿De dónde se las saca?

Anita me preguntó si quería que hiciéramos algo.

Mi vieja me preguntó si podía leer el guión sobre el pibe que arroja a su familia en el pozo.

Aún no lo terminé, ma. Cuando lo termine te paso una copia.

Nunca le pasé una copia.

Nadie leyó el guión sobre el pibe que arroja a su familia en el pozo, excepto Santiago, y su asistente, supongo.

Un guión que no debería haber escrito.

Un guión que jamás va a producirse.

Un guión que volví a leer el mes pasado y es sin duda lo mejor que escribí.

Anita me preguntó si quería darle un beso.

Le dije que sí.

Me dejó en claro que si la besaba iba a costar más.

No importa, le dije, yo no pago.

La tomé de la mano y la traje al colchón.

Le acaricié la cara.

Nos besamos.

Un beso simple, sin lengua, labios contra labios.

Un beso simple y para nada erótico que me sacudió.

Sentí que el cuerpo me crecía.

Luego otro sacudón me revolvió el estómago.

Tuve que alejarme, caminar hasta la heladera bajo mesada, tomar un sorbo de agua.

El agua fue un error.

Enseguida me acordé de mi vieja diciendo que era bueno tomar agua antes de meterse los dedos y vomitar, porque fomenta la arcada.

Cerré los ojos, intentando no pensar en lo único que quería pensar: el arroz con pollo y mole de Norma pudriéndose en mi estómago.

Me apuré hacia el baño y me arrodillé frente al inodoro.

El baño tiene el tamaño de un ataúd.

El agua de la ducha golpea de lleno el inodoro y el lavabo.

No hay bidet.

Uso un bidet portátil: una botellita de plástico estrujable con un miniduchador en la punta.

Fue una de las pocas condiciones que le puse a Santiago, luego del incidente con el revólver: le dije que si no me resolvía lo del bidet me iba a ser imposible vivir en el sótano.

No sé cómo hace el ochenta por ciento del mundo para vivir sin bidet.

¿Ochenta por ciento?

¿Sesenta?

El arroz con pollo y mole en el agua del inodoro me revolvió el estómago otra vez, pero ya no había nada para sacar.

Tiré la cadena.

Pensé en limpiarme con las Obras completas de Borges.

Las guardo en el botiquín, con el cepillo de dientes, la pasta y el desodorante.

No quiero verlas cuando escribo.

No quiero tenerlas cerca.

Santiago está obsesionado con Borges; el único artista, además de Tarkovsky, que realmente admira.

La primera semana en el sótano me trajo sus <u>Obras completas</u>, edición crítica, Grupo Planeta.

Me dijo que Borges es para él el escritor más grande que jamás existió; que Borges es Homero, Schopenhauer, Dickens y Dostoievski, todo al mismo tiempo.

Me dijo que en parte me había invitado a trabajar con él porque, al igual que él, soy argentino, y que el único país de Latinoamérica que produjo escritores en serio es Argentina.

Me dijo que los grandes escritores de países de buena literatura como México, Chile y Colombia no llegan ni a los talones de los grandes escritores argentinos, que ni Rulfo ni Neruda ni García Márquez le llegan a arañar las plantas de los pies a Borges y a Cortázar.

Aunque luego dijo que el mismo Cortázar no llega ni a pellizcarle con las puntas de los dedos las plantas de los pies a Borges.

Me dio asco pensar en las plantas de los pies de Borges, pero no dije nada.

Durante esas primeras semanas intentaba no contradecir mucho a Santiago.

Por eso tampoco le dije nada sobre mi imposibilidad de leer a Borges.

Esperé más de un año para contarle a Santiago sobre mi imposibilidad de leer a Borges.

Entre los veintisiete y veintinueve años, adoré la prosa de Borges más que a nada en el mundo.

Era lo único que leía.

No lo único, pero todo lo que leía que no era Borges lo comparaba constantemente con Borges y a las pocas páginas terminaba abandonándolo.

Entre los veintisiete y veintinueve años, estuve atrapado en la prosa de Borges, preso en sus <u>Obras completas</u>.

Había comprado los cuatro tomos con una plata que encontré

en uno de los bolsillos de la campera favorita de mi viejo, luego de que mi viejo falleciera desnucado por un avión.

Llevaba uno de esos cuatro tomos a todos lados.

En especial el tomo uno.

Andaba por Buenos Aires con el tomo uno de las <u>Obras completas</u> de Borges bajo el brazo.

Hasta que un día me senté en un banco en la parte alta de Barrancas de Belgrano, a leer a Borges y comer un pancho con mostaza y ketchup, y cuando pasé la vista por el primer párrafo de "Las ruinas circulares" sentí que todas y cada una de las palabras estaban de más.

De pronto se me vino encima la artificialidad de la prosa de Borges, y ya entonces no pude leerlo; ni siquiera los ensayos, ni los cuentos más minimalistas del tomo tres.

El uso de la palabra en Borges es lo peor de Borges; lo mejor es la inteligencia y el humor.

Borges escribía una prosa demasiado enamorada de la palabra.

Eso le dije a Santiago un mediodía antes de que saliera del sótano con su silla.

Me miró con ganas de pegarme un sopapo:

¿Y vos quién mierda te creés que sos? ¿Qué gran prosa escribís? ¿Qué frase escribiste que se acerque a "Una chusma de perros color de luna emerge de los rosales negros"?

Traté de explicarle que, quizá, mi problema con Borges era (es) que había abusado de Borges, había permitido que Borges negara el resto de mi vida, todo lo que era vida y no existía en sus <u>Obras completas</u>.

No pienso llevarme a Borges, Pablo, me dijo. Los tomos son tuyos. Te los quedás. Si querés los leés, si no querés no. Pero te recomiendo que los leas.

No los leo.

Nunca los leo.

No tiene sentido leerlos.

Porque las Obras completas de Borges, si uno las lee en serio, no hacen más que arruinarte.

Santiago está arruinado como escritor, no sólo por el hecho de que no sabe escribir, sino también por sus constantes lecturas de Borges.

Borges arruinó a Santiago, así como a muchos otros.

Los grandes escritores de la historia no hacen más que arruinarnos.

No podemos escapar de ellos, y al mismo tiempo no podemos ser más que arruinados por ellos.

Anita me preguntó si estaba bien.

Me lavé la boca, varios buches exagerados, y le pedí que me perdonara.

No es tu culpa, le dije. No tiene que ver con vos. Es que hace mucho que…

Entiendo, dijo.

Vi en sus ojos que sí me entendía, aunque no sé qué había que entender.

Me acosté en el colchón boca arriba.

Anita se había acercado a la puerta; la mano en el picaporte, pero no lo giró.

Se metió en el baño.

Silencio.

Le pregunté qué hacía.

No me contestó.

Oí que abría y cerraba la canilla; menos de un segundo del agua golpeando contra el lavabo.

Luego salió del baño, vino, me pidió que me corriera y se acostó a mi lado, apoyó sus tetas contra mi brazo izquierdo.

Así nos quedamos un rato largo.

Luego sentí que Anita me susurraba algo al oído, aunque no entendía qué.

Igual le dije que sí.

Giré para mirarla.

Nos besamos otra vez.

Ella se quitó la bombacha y yo me bajé el pantalón de jogging hasta los tobillos.

Me calzó el forro con una facilidad admirable, sin dejar de mirarme a los ojos.

Al penetrarla me invadió un frío helado y pegajoso, como el hielo seco.

El corazón pretendía advertirme de algo.

No tardé ni cinco minutos.

Anita se vistió lentamente; la ropa colgaba de su cuerpo como puesta a secar en el respaldo de una silla.

No volví a verla.

Una mañana le pregunté a Santiago por Anita.

¿Anita?

La chica que trajiste el viernes pasado.

Ah, sí, Anita. Qué nombre estúpido. No quiso volver. Dice que no le gustás. Que tiene suficientes clientes y no le gustás.

* * *

Hoy nos metimos de lleno en el segundo acto.

Santiago bajó con la silla, el café y el platito con fruta, y nos pasamos dos horas discutiendo el cuadro aristotélico de tres actos, definiendo los puntos narrativos importantes, los giros, la acción y el conflicto de cada uno de los puntos.

Vamos bien.

El cerebro me duele, y eso es buena señal.

Santiago, cuando garabatea en el pizarrón, come chocolate negro con sal marina; cuatro o cinco barras de chocolate por sesión.

Cada dos por tres me ofrece un cuadradito, y le digo que no, le explico por millonésima vez que el chocolate me da dolor de cabeza, y él asiente, y al rato me vuelve a ofrecer un cuadradito.

El primer acto funciona: introduce a los personajes, y el conflicto principal, no sin sorprender, no sin despistar, pero evitando lo absurdo.

Santiago odia lo absurdo, le parece gratuito, antiartístico.

Necesita construirse una caja de sentido común, una caja de empatía entre el mundo de la película y el real, y luego intenta volar dentro de esa caja.

Nunca se escapa de la caja.

No permite que ninguna asociación libre o locura del momento lo saque de la caja.

El segundo acto es siempre el más difícil.

No por el hecho de que sea el más largo, no, que sea largo lo vuelve un poco más fácil; si el segundo acto tuviera el largo del primero sería imposible de escribir.

El segundo acto es donde se encuentra la sustancia de la historia, el ojo de bife de la historia.

El segundo acto es donde Santiago y yo (al menos eso pasó las dos veces anteriores) nos estrellamos la cabeza contra la pared: yo le agarro la cabeza con ambas manos y se la estrello contra la pared, y él me agarra la cabeza con ambas manos y me la estrella contra la pared.

En el segundo acto hay sangre.

El segundo acto es la batalla que define la guerra.

Son muchos los guiones que abandoné en el segundo acto.

El segundo acto me ganó por goleada más de una vez.

Me pregunto si Peter Shaffer habrá perdido por goleada alguna vez contra un segundo acto.

El segundo acto de <u>Amadeus</u> es uno de los mejores segundos actos jamás escritos.

Termina cuando Salieri entiende al fin (se rinde a la idea de) que Dios no ha hecho más que burlarse de él a lo largo de su vida; que el pacto pactado entre ambos (un pacto que para Salieri lo significa todo; nunca tocó una mujer respetando el pacto) para Dios no significa nada.

De pronto, el mundo para Salieri pierde el orden y cae en el caos.

Un punto narrativo normalmente llamado "Todo está pedido".

<u>All is lost</u>.

El cuadro aristotélico de tres actos suele tener cinco puntos narrativos principales: el punto de comienzo, el final del primer acto, el punto medio que parte el segundo acto en dos, el final del segundo acto y el punto de cierre.

La palabra que identifica el punto de comienzo del cuadro aristotélico que estamos usando para este tercer guión, el que debe cambiar la historia del cine mundial, es "infestation".

No sé por qué a Santiago le gusta usar palabras en inglés para identificar los puntos narrativos.

La palabra que identifica el final del primer acto es "tree".

Ahora tenemos que construir las escenas que nos lleven de "tree" al punto medio que parte el segundo acto en dos, un punto narrativo que, luego de varias semanas de discusión, identificamos con la palabra "adoption".

Por lo común, nos lleva casi seis meses tener el segundo acto terminado.

Un ejercicio constante de prueba y error.

El hecho de que tengamos la historia pensada, diagramada, aristoteleada, no quiere decir que, durante la escritura, no nos vayamos a encontrar con puertas que se cierran y nos dejan del lado de afuera.

El trabajo anterior a escribir, los meses de estructuración de la historia, sirven para construir la caja.

Una caja a medida de lo que Santiago quiere.

Una caja que contiene el tema, el tono y los puntos narrativos importantes.

Una caja que contiene las biografías o backstories de los personajes principales, y también sus cuadros aristotélicos.

Luego, a la hora de escribir, me meto en la caja, pongo los dos pies en la caja, y descubro, como si fuese la primera vez, que ahí dentro hay demasiado espacio, que son muchos los caminos que se pueden tomar dentro de la caja.

Esta misma caja tan cuidadosamente diseñada contiene infinitas películas.

Esta misma caja puede dar a luz una película horrible, una película mediocre, una película insignificante, una película aceptable, una película buena, una película interesante, una película muy buena, una película casi excelente, una película excelente, una obra de arte de las que se detienen frente a la historia del cine y le rompen la nariz de un trompazo.

Una caja que, aunque no existe físicamente, veo.

Archivo de Word encriptado

Santiago encontró el cuaderno.

Me preguntó qué es el cuaderno, qué significa.

Le pregunté cómo lo había encontrado.

Me dijo que no importaba cómo lo había encontrado, que lo importante era que lo había encontrado, y ahora quería saber qué es, qué significa.

Nada, le dije. Notas. Boludeces que escribo a la noche.

¿Y por qué las tachás?

Porque son boludeces.

Si fuesen boludeces no las tacharías. No hay necesidad de tachar boludeces.

No supe qué decirle.

Nos miramos; Santiago con sus ganas de pegarme un sopapo.

Intentó leer lo que había escrito detrás de los tachones, pero no pudo.

Es imposible leer el texto del cuaderno, lo taché con cuidado, usando tinta negra, tapando casi por completo la tinta azul.

Igual se lo llevó.

Escribo esto en un archivo de Word encriptado que guardo en una carpeta al fondo de esta laptop de quince pulgadas.

Hoy tengo que escribir la primera escena del segundo acto.

No pude dormir pensando en esa escena.

Una ansiedad incontrolable me acelera el corazón, cada dos por tres tengo que chequearme el pulso.

No sé qué es esa escena.

Sé cuál tiene que ser la escena, lo que pasa en la escena, cómo empieza y termina, pero no qué es.

Intenté seguir adelante sin el cuaderno, ignorando la necesidad del cuaderno, pero al final terminé abriendo este archivo de Word, y cada vez que me trabe en una escena voy a padecer la tentación de venir a escribir acá.

Tendría que aprender algún tipo de encriptación que lleve varios minutos (quince al menos, o media hora) desencriptar; un tipo de encriptación que me dé fiaca desencriptar, excepto cuando sienta una necesidad absoluta de seguir escribiendo esto.

Un password que me lleve quince minutos tipear.

Una palabra descomunal.

¿Cuántos caracteres se pueden usar como password de encriptación de archivos de Word?

Me jode no tener internet.

Me jode no saber cómo hizo Santiago para encontrar el cuaderno.

¿En qué momento?

No salgo nunca.

¿Mientras me bañaba?

Tal vez Norma lo vio mientras limpiaba.

Pero ¿qué vio?

¿Qué diferencia hay entre el cuaderno y el diccionario de la

Real Academia Española, el diccionario Inglés-Español Longman, las *Obras completas* de Borges?

Todo pertenece a la misma pila.

Todo es material de trabajo.

Menos las *Obras completas* de Borges.

¿Qué vio Norma en el cuaderno que le llamó la atención?

¿Los tachones?

No hay nada raro en tachar.

Tachar es parte de escribir, una parte esencial.

Santiago nunca vio el cuaderno, no que yo sepa, en las miles de horas de trabajo.

Un cuaderno que traje conmigo de Buenos Aires.

Un cuaderno que, ahora que lo pienso, usé en aquella primera cena con Santiago, cuando hablamos de todo, para anotar una lista de películas que Santiago quería que viese:

La dolce vita.

Stalker.

Los siete samuráis.

Canciones del segundo piso.

El topo.

2001: Una odisea en el espacio.

Amanecer.

Ladrones de bicicletas.

Fitzcarraldo.

La dolce vita.

Nunca imaginé, durante aquella primera cena con Santiago cuando hablamos de todo, que terminaría viendo esas películas encerrado en un sótano.

Santiago bajó una mañana con su televisor de setenta y cinco pulgadas y su consola de Blu-ray, le pidió a Norma que preparara una jarra de café, otra de leche descremada (para mí), otra de leche de almendras (para él), otra de jugo de naranja, un plato con galletitas Lincoln y Sonrisas, y nos sentamos a ver todas esas películas en el orden en el que las enumeré, empezando y terminando con *La dolce vita*.

Cuando se acabaron los créditos de la segunda *Dolce vita* (a Santiago le gusta ver las películas de las barras de colores del principio a las barras de colores del final; es decir, permaneció sentado leyendo, o haciéndose el que leía, la lista de créditos de todas las películas que vimos juntos en el sótano), le pregunté si al día siguiente quería que viéramos *Amadeus*, una de mis películas favoritas.

Me miró de esa manera en la que me mira cuando comento algo que él no comparte, y me dijo que Milos Forman, en su opinión, era un director menor.

Un buen director, no me entiendas mal, pero menor, me dijo. Un director del montón. Uno de los buenos directores del montón. Lo que quiero decir, en el montón Milos Forman está a la cabeza, junto con Kusturica, Polanski, Tarantino. Un gran tipo Milos Forman. Me invitó a desayunar a su casa en Caslav.

¿Caslav?

En Checoslovaquia. Un pueblito hermoso. No hay una mierda para hacer, pero hermoso. Un gran tipo Milos Forman.

Durante el segundo año en el sótano, una mañana (si mal no recuerdo estábamos trabados en el tercer acto del primer guión que escribimos juntos, que yo escribí para él y que él firmó en soledad), Santiago bajó con su televisor de setenta y cinco pulgadas y su consola de Blu-ray y me hizo ver todas sus películas, las de él, las dirigidas por él.

Yo ya había visto la mayoría, pero me hizo verlas igual.

Y mientras las veíamos iba comentando detalles de cada escena; un *commentary track* en vivo y en directo.

Me explicó cómo había luchado con varios de los actores para al fin conseguir el resultado buscado, la máxima perfección posible.

Me contó, riéndose, que había amenazado con asesinar a varios de esos actores; incluso a uno lo había amenazado con hacer desaparecer a su madre.

Contraté extras para que se hicieran pasar por asesinos a sueldo, me dijo. Y les pedía que se mantuvieran en silencio, de pie, cerca del *video assist*, con la culata de un arma de utilería asomándoles bajo la solapa de sus sacos negros. Sacos negros y camisas negras y pantalones negros y zapatos negros. Todo negro. Amenazante. Y los actores temblaban. Te lo juro. Los veía temblar, y los oía decirse cosas como «Mejor no la caguemos», o «Ponete las pilas que estamos en el horno». Siempre dejo los micrófonos abiertos y oigo lo que dicen. Incluso cuando van al baño. Oigo la intensidad con que tiran la cadena. Eso es importante: la intensidad con que tiran la cadena.

Santiago mueve mucho las manos al hablar: habla con la boca y las manos.

Se quedó pelado cuando era joven, antes de los treinta, y ahora se afeita la cabeza y la barba con Gillette todas las mañanas.

Me contó que Norma le sostiene un espejito para que pueda afeitarse la nuca.

Santiago tiene una nariz prominente; no inmensa como la mía, pero prominente, una nariz que intenta alejarse de la cara.

Vive atormentado por los pelos que le crecen en las fosas nasales.

Cada dos por tres se acaricia las fosas con un dedo, y si encuentra algún pelo se lo mete para adentro.

Yo ya no me afeito ni me corto los pelos de la nariz y las orejas.

Norma me corta el pelo de la cabeza de vez en cuando, a lo

bruto, con una tijera de juguete, una de esas tijeras que les dan a los chicos para cortar papel cuando arman collages.

Una tijera que me arranca el pelo, no me lo corta.

Una tijera que no serviría de mucho en caso de que se me ocurriese robársela a Norma y amenazarla con clavársela, porque no tiene puntas.

La barba me llega hasta el ombligo.

Una noche, aburrido, le pedí a Norma que me consiguiera una regla y la medí: cincuenta y cinco coma ocho centímetros.

Ya debe haber pasado los sesenta.

Supongo.

No volví a medirla.

Los pelos de las orejas se me asoman con rabia, arremolinados.

A veces me los froto.

A veces me tiro pedos que tardan media hora en irse.

La ventilación del sótano deja mucho que desear; suficiente para que no me desvanezca a cada rato.

O tal vez sí me desvanezco.

Así es como Santiago encontró el cuaderno: se meten en el sótano cuando me desvanezco.

No, supongo que me daría cuenta de que me estoy por desvanecer, sentiría algo, algún tipo de mareo.

No sé qué siente una persona que se está por quedar sin aire.

Santiago parece a punto de desvanecerse cada vez que nombro a Michael Haneke.

En mi opinión, Haneke es el más grande director de cine de las últimas tres décadas.

Y Santiago sabe que tengo razón.

Estoy seguro de que lo sabe, y por eso evita nombrarlo, y por eso cada vez que lo nombro parece a punto de desvanecerse y cambia de tema.

Recuerdo que hablamos de Haneke durante mi primera noche en San Martín de los Andes.

Estábamos discutiendo el suicidio de uno de los personajes de la última película de Santiago (la última que coescribió con su socio español, Fermín Hermida), y yo nombré *El séptimo continente*, mi película favorita de Haneke, la mejor película sobre el suicidio de todos los tiempos.

La expresión de Santiago cambió cuando nombré al austríaco: su entusiasmo descomunal se encogió, se le apretujó.

Me dijo que *El séptimo continente* era una buena película, sin duda una buena película, pero al mismo tiempo una película fallida.

Una película que es solamente una pregunta, me dijo, una larga pregunta, un misterio si uno quiere, que al final se responde. Eso es todo lo que es: una larga pregunta que al final se responde. No hay empatía. Los personajes no cambian, ni mejoran ni empeoran. Uno sufre un poco por la nena, es verdad, y qué buena actriz es esa nena, pero no por los padres. Los padres mueren, matan a la nena y luego se suicidan, y uno piensa: «Bueno, eso pasó, esa familia decidió abandonar el mundo, y ahora qué voy a cenar».

En el segundo acto de este tercer guión hay un suicidio.

Un suicidio que, bien actuado (sin duda va a estar bien dirigido, bien iluminado, con la banda de sonido correcta), puede ser uno de los suicidios más impactantes de la historia del cine.

Un suicidio completamente sorpresivo y al mismo tiempo inevitable.

Un suicidio que todos van a ver venir, o casi todos, y que al mismo tiempo todos, o casi todos, van a recibir con la mayor sorpresa.

Un suicidio que el espectador se va a llevar a casa, que los fanáticos de Santiago Salvatierra van a enmarcar y colgar en las paredes de sus living-comedores.

Un suicidio que se va a convertir en el estampado de la remera más vendida.

Un suicidio tan fascinante, si logro escribirlo bien, que me aterra.

Me aterra padecer la tentación de imitar este suicidio.

Hoy pensaba, en la cama, mientras comía los últimos cuadraditos de ananá que guardé del desayuno, que la única manera de escribir este suicidio es imitándolo.

* * *

Le pedí a Santiago que me consiga una guitarra.

Cualquiera.

Acústica.

Criolla.

Una barata.

A las pocas horas bajó con un ukelele tenor marca Blackbird, nuevo, fabricado en Estados Unidos, hecho íntegramente de fibra de carbón.

Un instrumento que debe valer una fortuna.

Le pregunté cómo hizo para encontrar un ukelele de fibra de carbón en San Martín de los Andes, y me dijo que uno de sus vecinos es Gustavo Santaolalla, el músico, que son amigos y le pidió prestada una guitarra, pero Santaolalla al parecer no tenía guitarras para prestar, necesita todas sus guitarras, pero sí tenía el ukelele Blackbird que compró en un arrebato en un negocio de música de San Francisco y apenas usó.

El ukelele suena casi como una guitarra.

La acústica del sótano es perfecta: mi Teatro Colón.

Mañana le voy a pedir a Santiago que me consiga un libro con ejercicios para aprender a tocar el ukelele.

También le voy a pedir partituras de los Beatles.

Los Beatles son lo único que escucho, en la laptop tengo la discografía completa.

Entender a los Beatles fue lo mejor que me pasó en mis dos años de conservatorio.

Me volví un adicto a los Beatles.

Lo único que escuchaba antes de viajar a San Martín de los Andes; lo único que escucho en el sótano.

Fue una de las primeras cosas que le pedí a Santiago, luego de pedirle el bidet, que me solucionara la falta de bidet.

Cuando supe que me iba a prestar (prestar, no regalar) una MacBook Pro de quince pulgadas para trabajar, le pedí que por favor me copiara en un pendrive todos los discos de los Beatles, incluidos los recitales en la BBC.

Esa misma noche, Santiago se llevó la laptop y compró en iTunes todos los discos de los Beatles, más varios discos de Lennon, McCartney y Harrison, y me devolvió la laptop cargada de Beatles a la mañana siguiente con el desayuno.

Santiago odia la piratería.

Cada vez que le insinúo que se baje algo de internet, algún libro en PDF que necesitamos para lo que estamos escribiendo, o algún disco que puede servirnos como inspiración para una futura banda de sonido, me mira de esa manera en la que me mira cuando digo algo que él no comparte y me aclara que esa misma noche va a comprar el disco en iTunes, o me pide que espere unos días que le va a pedir a Librería Norte que le mande el libro que necesitamos.

Todos los libros que compra los compra en Librería Norte.

Según Santiago, es la única librería de Buenos Aires que vale la pena.

Cuando Librería Norte deje de existir, y le pido a Dios que por favor eso nunca pase, Buenos Aires va a dejar de valer la pena, me dijo. Nada importa en Buenos Aires que no sea Librería Norte. Los museos y galerías de arte son patéticos. Los cines se caen a pedazos, y las nuevas cadenas proyectan en digital, lo que les quita todo valor como salas de cine. Las grandes librerías ofrecen poco y nada, grandes cantidades de poco y nada. Hay algunas librerías nuevas, chicas, en barrios como Palermo o Barracas, pero no tienen demasiado para ofrecer, y lo poco que ofrecen se les agota enseguida. Lo único que nos queda es Librería Norte. Una ciudad entera depende de que esa librería no desaparezca.

Le dije que yo solía ir seguido a Librería Norte, que ahí descubrí varios de mis escritores favoritos.

Descubrí a Beckett, a Joyce, a Laiseca, a DeLillo, a Flannery O'Connor.

Descubrí a Arno Schmidt.

En Librería Norte leí por primera vez a Philip Larkin, a Philip Roth, a David Markson.

Santiago nunca leyó a Markson.

Apenas leyó a Beckett.

Santiago odió a Beckett con el alma; una de esas personas que no pueden leer a Beckett, que no pueden ni verlo, a las que se les revuelve el estómago de sólo pensar en Beckett.

En Librería Norte vi a Lisandro por última vez, lo acompañé a comprarse la edición de Cátedra del *Ulises* de Joyce.

Nos encontramos en el bar Frattempo, en Pueyrredón y Peña; tomamos submarinos y compartimos un tostado mixto.

Si mal no recuerdo, hablamos de Patricia, la asistente de Santiago.

Lisandro no sabía qué hacer con Patricia.

Me dijo que le caía bien, demasiado bien, pero que no lo calentaba en lo más mínimo.

Lo más jodido es que no sé por qué no me calienta, me dijo. Tiene todo para calentarme, pero no me calienta. Cuando estoy con ella en la cama, tengo que pensar en alguna de las mujeres que vi ese día en la calle o internet. Tengo que cerrar los ojos e imaginar que esa mujer que está conmigo, desnuda, no es Patricia sino una mujer de Rusia o Polonia o Japón.

Le pregunté si la iba a dejar.

Ni en pedo, dijo.

Luego caminamos hasta Librería Norte.

No tenían copias de la edición de Cátedra del *Ulises*; Lisandro la dejó encargada.

Salimos, me dijo que tenía que ir a algún lado, y nos dimos un golpe en el hombro.

Hoy me pasé el desayuno pensando en Lisandro.

¿Qué habrá pasado con mi amigo?

Mientras Santiago me explicaba la forma en la que piensa filmar una de las primeras escenas del segundo acto, yo intentaba imaginar qué será de la vida de mi amigo.

Pensé en pedirle a Santiago que por favor me consiga algún tipo de información sobre Lisandro, al menos saber que está vivo.

Pero no, lo más probable es que me diga «Sí, claro», y luego no haga nada.

Quizá lo hace por mi bien.

Es decir, no hace nada por mi bien.

Estoy bien así, sin saber qué pasó con Lisandro y mi vieja.

Imagino a Lisandro tratando de terminar la carrera de administración de empresas; una carrera que había empezado para apaciguar a sus viejos y que más de diez años después aún no podía terminar.

Imagino a mi vieja coordinando las animaciones infantiles; peleándose a muerte y luego amigándose con la señora Wasserman, que le confeccionaba los trajes de superhéroes y princesas y personajes de Disney; desayunando todas las madrugadas su mate con yerba La Merced (de campo), a esa hora cuando el primer sol arruina la noche: en verano a las cinco y media de la mañana, en invierno a las siete y media.

Me gustaba despertarme con los ruidos de mi vieja en la cocina, y luego seguir durmiendo unas horas más, sabiendo que ella estaba ahí, despierta, con su mate, contemplando el amanecer.

Hace cinco años que no veo un amanecer.

Hace cinco años que no veo un árbol.

Hace cinco años que no veo una nube.

Y pensar que estoy en uno de los pueblos más lindos de Argentina, uno de los más pintorescos.

Aún recuerdo cuánto me impactó el paisaje esa mañana luego de aterrizar, cuando Santiago me trajo en su camioneta cuatro por cuatro del Aeropuerto Chapelco a su casa.

El sinnúmero de colores de la naturaleza.

El celeste interminable del cielo.

El olor a aire puro, tan diferente al de Buenos Aires.

Acá en el sótano todo se termina, nada es interminable, no existe un sinnúmero de nada.

El rectángulo de luz no deja ver lo que hay del otro lado.

Un rectángulo que se ilumina y se apaga, se ilumina y se apaga.

Y el aire…

Ya hablé del aire.

¿Hablé?

¿A quién le hablo?

¿A mi vieja?

¿A Lisandro?

¿A Peter Shaffer?

Le voy a pedir a Santiago que averigüe si Peter Shaffer está vivo.

¿Qué importa?

Ya no importa Peter Shaffer.

Ya no importa nadie que haya escrito nada nunca.

Todo lo que importa son las escenas que escribo para Santiago.

Y este archivo encriptado.

Y el ukelele de Santaolalla.

Y los discos de los Beatles.

Nunca escucho los de Lennon, McCartney y Harrison, sólo escucho a los Beatles.

Una banda que es un claro ejemplo de las virtudes de la colaboración.

Una banda hecha de cuatro músicos muy talentosos que al juntarse transformaron ese talento en genio; dejaron de ser ellos mismos, abandonaron al músico talentoso, para volverse parte de algo genial, algo que los superaba.

Suerte que Santiago me prestó sus auriculares Bose, sería muy triste escuchar a los Beatles por los parlantes incrustados en la laptop.

Los sonidos salen por las teclas.

Un parlante hecho de teclas.

Un parlante que está arruinando la percepción auditiva musical de las nuevas generaciones.

Santiago me dijo que arriba en su casa tiene un sistema de audio *surround*: decenas de parlantitos ocultos en el techo y las paredes de su estudio, por donde la música se deconstruye y vuelve a construirse en el aire justo antes de llegar a sus oídos.

Una hora al día, al menos, me siento en mi butaca de cuero y escucho a los grandes compositores de la historia, me dijo. Dejo que se me metan adentro, que me eleven, que me arranquen un rato de este mundo en decadencia. Me lleno con las notas de los grandes compositores, me inflo, como un globo, y floto, y me dejo llevar, como un globo perdido, un globo a la deriva.

Me impresiona lo cursi que puede ser Santiago.

El más grande director de cine latinoamericano de todos los tiempos es un adicto a los lugares comunes y la cursilería.

Quizá por eso es el más grande.

Quizá la mezcla de genio con lugares comunes y cursilería es esencial para ser el más grande.

Haneke carece por completo de lugares comunes y cursilería.

Quizá por eso, aunque es el más grande para mí, y para Santiago también (aunque no lo reconozca), Haneke no puede ser para el mundo el director más grande.

Aunque ahora que lo pienso, en su última película, *Amour* (la vimos con Santiago acá en el sótano), Haneke jugó con algunos lugares comunes.

No sé si cursilería, pero lugares comunes sin duda.

Y *Amour* fue la película que le dio el Oscar a la mejor película extranjera.

Eso me contó Santiago: que luego de pegarla en el palo con *La cinta blanca*, Haneke la clavó en el ángulo con *Amour*.

Y es probable que parte del efecto que hizo que *Amour* volara por encima del arquero y se clavara en el ángulo fue el uso de algunos lugares comunes.

Haneke tuvo que caer en el lugar común para ser el más grande director no americano de ese año.

No se puede ser el más grande con una película como *El séptimo continente*, tampoco con *71 fragmentos de la cronología del azar*.

Son demasiado buenas esas películas.

Películas tan buenas nunca van a convertir a un director en el más grande.

* * *

Santiago está trabado en el giro final de la tercera escena del segundo acto: no lo convence.

El giro final es la puerta que se abre al final de la escena para romper lo predecible.

El giro final es lo inesperado de la escena, lo que permite que la historia vaya siempre por delante del espectador.

Toda escena que no sea de transición debe tener un giro final.

Acción, conflicto y giro final; lo que en inglés se llama «reverse».

Uno de los personajes lleva la acción, quiere algo, necesita algo.

El conflicto es lo que se interpone entre el personaje y ese algo.

El giro final es lo que, haya o no conseguido ese algo el personaje, lo empuja hacia un lugar inesperado.

Por ejemplo, en *Amadeus* hay una escena donde la mujer de Mozart le lleva las composiciones de su marido a Salieri, deseando que el maestro reconozca el talento de su marido y le ofrezca trabajo.

La acción es de la mujer, necesita que su marido consiga trabajo, un encargo, cualquier cosa, necesita plata.

El conflicto es que no sabe que Salieri en el fondo ya detesta a Mozart.

Es decir, detesta a Dios por haberle puesto a Mozart enfrente, pero por extensión detesta a Mozart.

Y lo que agranda el conflicto es lo que Salieri encuentra en esas partituras: otra vez el genio.

Pero no sólo eso, las partituras son originales; la mujer no trajo copias, trajo originales, y casi no tienen correcciones.

Esto provoca en Salieri (en F. Murray Abraham) una de las más perfectas expresiones jamás filmadas por una cámara de cine.

Una expresión imposible de entender.

Una expresión que debería aterrar al resto de los actores del mundo, hacerlos pensar en retirarse, en saltar del escenario y correr.

El giro final es la salida silenciosa de Salieri.

Luego de sentirse sobrepasado por el genio de Mozart, se le caen las partituras al suelo, y la mujer de Mozart le pregunta: «¿No son buenas?», y Salieri responde: «Son un milagro», y ella sonríe y se agacha a recoger las partituras, y le pregunta: «¿Entonces nos va a ayudar?», y Salieri, sin decir palabra, sale de la habitación.

Un giro final sutil, pero suficiente para dejarnos un poco perdidos.

¿Qué sucede dentro de Salieri?

¿Qué es lo que va a hacer, contra Mozart o contra Dios?

Y dejar al espectador un poco perdido es bueno.

Un poco, no del todo.

Cuando el espectador se pierde por completo, se cae afuera de la película.

Santiago piensa que hay varios giros finales posibles para cada escena, siempre juega con la posibilidad de varios giros finales, pero se equivoca: si la escena está bien construida, hay un solo giro final posible.

Por eso tardo tanto en terminar las escenas, y por eso me rompe los huevos cuando Santiago baja a cuestionarme el giro final y proponerme otros, siempre peores, siempre inadecuados.

Cada escena es como una canción de los Beatles.

Una canción que surge de la colaboración, que no podría existir sin la colaboración, pero que depende de un solo compositor que defina los detalles.

Los Beatles entendían que por canción había uno de ellos que llevaba la batuta, y se respetaban.

Lennon llevaba la batuta en una de sus canciones, y les decía a los otros qué hacer, qué tocar, y los otros tiraban ideas que terminaban mejorando la canción, pero al mismo tiempo respetaban la decisión final de Lennon.

Luego, cuando pasaban a una canción de McCartney, Lennon se calzaba la guitarra y se hacía a un lado, y le permitía a McCartney llevar la batuta.

Santiago está convencido de que él lleva la batuta en todas las escenas, que todas las escenas en el fondo son composiciones de él, y lo que yo hago es colaborar con él, ayudar a que sus escenas sean mejores.

Santiago está convencido de que él es Lennon y McCartney, y yo Harrison.

No, él es Lennon, McCartney y Harrison, y yo Ringo Starr.

Lo que si fuese verdad no me molestaría en lo más mínimo, respeto enormemente el trabajo de Ringo en los Beatles, un baterista ignorante, autodidacta, pero justamente por eso creativo, y en sus mejores momentos difícil de imitar.

No tendría ningún problema en ser Ringo, estaría más que orgulloso de serlo, si ésa fuese la realidad.

Pero la realidad es que Santiago, en lo que se refiere a escribir guiones, no es Lennon ni McCartney ni Harrison ni Ringo.

Santiago es Yoko Ono.

Se la pasa en el estudio, opina, dice mil cosas por minuto, nadie la escucha, o casi nadie, y luego se va convencida de que es una pieza esencial de los Beatles.

Santiago es Yoko Ono, embarazada, en una cama en el estudio de grabación, bajo las sábanas, con un micrófono que usa para romperle los huevos a todo el mundo.

Tardé más de dos horas en convencerlo de que el giro final que usé en la escena es el correcto.

Lo dejamos como está.

Me contó que los actores que piensa usar para esta tercera película (aún no me dijo sus nombres) están libres de marzo a agosto del año que viene.

Te tenés que apurar, Pablo, me dijo. No quiero apurarte. No quiero que escribas a las apuradas. Pero te tenés que apurar.

Falta poco para marzo: tres meses y medio.

Ciento cinco días para tener listo el *shooting draft*.

Eso quiere decir que debo terminar el primer *draft* en dos meses.

Luego usaremos un mes más para pulirlo y tener listo el segundo *draft*.

Santiago dice que igualmente puede empezar a preproducir con el primer *draft*.

Tengo un mes y medio para escribir el segundo acto, un mes para el tercero.

Otra vez la taquicardia.

Me hice el boludo, aunque no podía evitar chequearme el pulso en la muñeca izquierda con los dedos índice y medio de la mano derecha.

Santiago me vio, pero no dijo nada.

Me preguntó si a la noche quería cenar asado.

Claro, le dije.

Voy a tirar un lomo y entraña en la parrilla. ¿Qué achura te gusta?

Chinchulín, chorizo. Cualquiera menos tripa gorda.

Se quedó un rato quieto mirándome, en sus ojos la intención de decirme algo.

Ahora pienso que quizá quería invitarme a comer el asado con él, arriba, en su casa; que por un momento pensó en invitarme a comer el asado con él.

Acabo de mojar el último pedazo de pan francés en el jugo.

60

A mi vieja le da asco el jugo de la carne, lo llama erróneamente «sangre».

Cuando íbamos a una parrilla, pedía bife de lomo bien cocido, mariposa, dos suelas de zapato con olor a carbón quemado.

Espero que siga yendo a parrillas a pedir sus suelas de zapato.

Espero que haya conocido a alguien que la lleve a parrillas a disfrutar sus suelas de zapato con ensalada mixta.

La rutina se me fue al carajo.

Acabo de terminar de cenar y ya estoy escribiendo esto en el archivo encriptado.

«A Day in the Life.»

No hay nada más gratificante, musicalmente hablando, que escuchar el álbum *Sgt. Pepper's Lonely Hearts Club Band* en los auriculares.

El diseño del estéreo (aunque escuché este álbum mil veces) no deja de sorprenderme: instrumentos y voces que saltan de izquierda a derecha, de derecha a izquierda, inesperadamente; instrumentos y voces que despiertan inesperadamente en mis oídos y me llenan la cabeza.

Los arreglos son minimalistas y exagerados al mismo tiempo.

George Martin la pasó en grande jugando con esos cuatro pibes; sus títeres; su prehistórico GarageBand.

Imagino lo excitado que debería llegar al estudio, preguntándose con qué aparecerán hoy, sabiendo que él iba a poder jugar con lo que fuera que los cuatro liverpoolenses trajeran.

* * *

Oigo que llueve.
Diluvia.
Una sola vez se cortó la luz en el sótano.

Santiago tardó tres horas en bajar con una linterna.

Me dijo que no me preocupase, que ya había encargado un grupo electrógeno y llegaba en unos días.

Es probable que la luz sí se haya cortado (hubo otros diluvios), pero que el grupo electrógeno haya disimulado la falta de energía.

Aunque me hubiera dado cuenta de que se cortaba la luz, porque el grupo electrógeno tarda unos minutos en arrancar.

Supongo.

Imagino al pueblo entero de San Martín de los Andes sin luz, excepto por la casa de Santiago Salvatierra.

Una casa encendida en medio de la oscuridad más absoluta.

Una casa que es la única casa en el mundo.

La casa donde se está cambiando la historia del cine mundial.

Las cuatro y veinte de la mañana.

Santiago se acaba de ir.

Bajó en pedo.

Se mandó tres botellas de prosecco, para acompañar un pedazo de lomo que sobró de anteayer.

Trajo uno de los Oscar, el último que le dieron a la mejor película extranjera.

Me pidió perdón por no habérmelo mostrado antes.

Si querés te lo dejo, dijo. Podés ponerlo ahí, al lado del colchón, mirarlo cuando te vas a dormir.

No, gracias. Estoy bien.

Claro que estás bien. ¿Por qué no vas a estar bien? No necesitás este Oscar. Nadie necesita este Oscar. *Mejor película extranjera.* ¿Qué significa eso?

Significa que…

Nada. No significa nada. Un Oscar que no significa nada. Usalo de pisapapeles. Arriba tengo otro. Otro Oscar. Y tampoco significa nada. Te lo voy a buscar. Quedate los dos.

No, gracias, no los quiero.

¿Por qué no?

Porque no. Son tuyos.

Ya sé que son míos. Pero te los presto. Mejor película extranjera.

Me abrazó.

La segunda vez que me abraza, desde aquella tarde con el revólver.

Esta vez, en lugar de la culata contra la espalda, siento el Oscar contra la espalda; la base del Oscar, donde atornillan la placa dorada con el nombre de la película y el director, o el guionista, o el vestuarista, o el editor, o…

Se acostó en el colchón y se cubrió la cara con las manos.

Me dijo que su exmujer se casa el mes que viene.

Me mandó la invitación, dijo, ¿podés creer? La muy caradura me mandó la invitación. Se casa con uno de esos bobos que desarrollan aplicaciones para celulares. Se llenó de guita con una que te indica cuántos colores tiene la comida que comés por semana. Qué variedad de colores tiene. Aparentemente es importante variar los colores de la comida. Millones hizo. Se casan en la playa, frente a su casa de Punta del Este. La casa de él, que pronto va a ser la casa de ella. Y de Hilario. Hilario se va a vivir con ellos. ¿No te dije? Me lo hizo saber la semana pasada. Me mandó un mail. Mi hijo se comunica conmigo por mail. Ya ni me llama, y si me llama es para pedirme guita. Mails sin puntuación, sin ortografía, sin gramática. No acierta una palabra.

Se sentó en el colchón y me miró con una seriedad ridícula:

Tenemos que romperla, Pablo. No pueden quedar dudas. Ya conseguí un traductor americano, uno de los buenos, una mujer, la que tradujo a Bolaño al inglés. No voy a dejar nada librado al azar. Voy a filmar esta película a lo Hitchcock, con un nivel obsesivo de planeamiento. Cuando llegue al set casi no va a ser necesario que dirija.

Salió del sótano firmemente agarrado al Oscar y mi antebrazo, y murmurando:

Tenemos que romperla, tenemos que romperla, tenemos que romperla…

Es la primera vez, en estos cinco años de colaboración, que Santiago se muestra tan vulnerable.

No sé si soy capaz de lidiar con la presión.

No puedo escribir bajo presión.

Hay escritores que saben escribir bajo presión, que la necesitan, incluso la buscan.

Tony Kushner necesita la presión: cobra un anticipo, permite que la preproducción avance, que la gente se prepare a ejecutar lo que sea que vaya a entregarles, sabiendo que aún no tiene nada para entregarles, y cuando la presión crece, cuando la misma gente de su equipo le golpea la puerta rogándole que entregue la obra terminada, recién entonces se sienta a escribir y vomita una obra maestra.

Yo, en esa situación, lo más probable es que me tire del balcón, si es que tengo un balcón cerca.

No soporto la presión.

No soporto lo que escribo cuando escribo bajo presión.

Yo funciono cuando escribo bajo la ilusión de que nadie está esperando que escriba nada.

Funciono cuando escribo convencido de que esto que estoy escribiendo no es importante.

Nadie lo está esperando y no es importante.

Por eso el guión sobre el pibe que arroja a su familia en el pozo es lo mejor que escribí: porque nadie lo estaba esperando.

Lo mismo le pasó a Charlie Kaufman: su mejor guión, por lejos, es *Being John Malkovich*, porque lo escribió cuando nadie esperaba que escribiese nada; lo escribió para él, para cagarse de risa en su casa a la noche, sin imaginar que algún día iba a producirse, que iba a ser nominado a mejor guión original, que iba a cambiarle la vida.

Incluso en esta colaboración con Santiago escribo como si nadie estuviera esperando que escriba nada, aunque sé que Santiago duerme sobre mi cabeza esperando nuevas escenas todos los días.

Pero Santiago nunca me apuró.

Nunca me puso un plazo.

Nunca me dio la impresión de que la escena que estoy escribiendo tiene que ser la versión final.

Aprendí a trabajar en las escenas sabiendo que Santiago las estaba esperando, pero al mismo tiempo que no había apuro, que no tenía que acertar con el primer intento.

Ese arreglo era suficiente para permitirme escribir de esa manera en la que siempre escribí, la manera que funciona, que me funciona, sabiendo que lo que estoy escribiendo en tiempo presente no es la versión final de nada, que todo puede tirarse a la basura, todo puede reescribirse, todo es insignificante hasta que decidamos, tomándonos el tiempo necesario, volverlo significativo.

Pero ese arreglo ya no corre.

En este tercer guión las reglas son otras.

Reglas que me aterran.

Reglas que no me permiten escribir de esa manera en la que siempre escribí.

Reglas que me obligan a convertirme en Tony Kushner.

Un Tony Kushner ensotanado.

Un Tony Kushner que cuando escribe bajo presión escribe como el culo.

Tendría que decirle a Santiago que bajo estas nuevas reglas no puedo escribir, que no acepto quedarme en el sótano bajo estas nuevas reglas.

Iluso.

No estás en el sótano porque aceptás estar en el sótano, estás en el sótano porque no te queda otra, porque temés morir de un tiro en la cabeza.

No, porque odiás perder la oportunidad de hacer arte junto al más grande director de cine latinoamericano de todos los tiempos.

No.

¿Por qué estás en el sótano?

¿Por qué estoy en el sótano?

¿Por qué no lucho por salir, aunque en esa lucha corra el riesgo de perder la vida?

Ya perdiste la vida.

En el momento en que te entregaste a ese primer abrazo con Santiago perdiste la vida.

Me pregunto cuánto aprecio sentirá Santiago por Norma, cuánto cariño.

Si tomo a Norma como rehén y amenazo con matarla, quizá…

No voy a tomar a Norma como rehén y amenazar con matarla.

Lo más probable es que ella termine matándome a mí.

No quiero tomar a Norma como rehén y amenazar con matarla.

¿Qué querés entonces?

¿Qué es lo que quiero?

Quiero terminar el guión.

Quiero cambiar la historia del cine mundial, aunque nadie nunca sepa que fui parte del cambio.

Quiero escribir un guión que sea realmente mío, más mío que el guión sobre el pibe que arroja a su familia en el pozo, más mío que todo lo que escribí hasta ahora, aunque al mismo tiempo ese guión no sea para nada mío; un guión que le pertenece completamente a Santiago Salvatierra, porque él es el genio, él es el que transformó mis guiones fallidos en películas que cambiaron la historia del cine latinoamericano, y pronto, si no dejo que la presión me paralice, la historia del cine mundial.

* * *

Página cuarenta y siete.

El segundo acto está hecho de arena; arena que se cae por los costados de la pantalla al suelo.

Esto mismo solía pasarme cuando empecé a escribir: las oraciones se caían de la pantalla.

El suelo lleno de palabras que se negaban a formar parte de mis textos de mierda, palabras que sentía con las plantas de los pies.

Me había comprado una PC barata.

No sabía qué hacer de mi vida.

Estudiar música había sido un error, una pérdida de tiempo, no por la música (saber tocar un instrumento sirve, entender a los Beatles sirve) sino por el hecho de que la carrera de sesionista terminó siendo un camino trunco, una dirección que en menos de dos años me arrojó al vacío.

La guitarra, el amplificador y el atril con las partituras y los ejercicios de audioperceptiva y lectoescritura musical no hacían más que recordarme el error.

Vendí todo.

Todo menos el estéreo Technics de cuatro pisos y los discos de los Beatles.

Escondí la plata al fondo del cajón de las medias.

Hasta que una mañana mi vieja me comentó que quería diseñar una página web para sus animaciones infantiles; quería poner fotos y videos y los precios de los distintos tipos de animación.

Saqué la plata del fondo del cajón de las medias y compré una PC barata desensamblada.

Iba a ensamblarla yo.

Como no sabía nada de computación, pensé que si la compraba desensamblada y la ensamblaba iba a aprender mucho en poco tiempo.

Me llevó dos semanas ensamblarla.

Tuve que ensamblarla, desensamblarla, ensamblarla, desensamblarla, ir al negocio a que me cambiaran la tarjeta de gráficos, y ensamblarla otra vez.

Tuve que cargarle el Windows, descargárselo, y cargárselo otra vez.

Mi vieja contrató a un profesor particular que le enseñó cómo usar el Outlook, el Word y el Excel, y cómo diseñar una página web simple.

Una noche (no podía dormir por el calor; era verano y mi vieja odiaba dormir con el aire acondicionado prendido), salí de la cama y fui a la cocina a tomar un vaso de agua.

La PC dormía, junto a la heladera.

Me dio bronca que la máquina durmiera tan plácidamente.

Me senté y moví el mouse: el monitor se encendió.

Mi vieja había dejado el Outlook abierto, con sus mails de trabajo.

Lo cerré.

También había dejado el Word abierto en una página en la que había escrito:

«Hay mate qué rico es el mate qué rico es el mate de campo qué rico es».

Guardé su ¿poema? en el escritorio y abrí una página en blanco.

Me quedé un rato largo contemplando esa página en blanco en la pantalla de una PC que había ensamblado con mis propias manos e ignoraba cómo usar, o para qué, pensando que lo mejor que podía hacer era volver a la cama, acostarme junto a mi vieja e intentar dormir.

Pero dormir con ese calor iba a ser imposible.

Imaginé la posibilidad de salir a dar una vuelta.

No, me quedé quieto frente a la página en blanco, oyendo a la PC soltar sus murmullos de robot.

En un momento, me incliné sobre el teclado y tipeé la palabra «Escribo».

Me quedé un rato largo contemplando la palabra «Escribo» en la pantalla.

Luego tipeé la palabra «Leo».

¿Qué pelotudez es ésta?

«Escribo. Leo.»

«Escribo. Leo. Escribo. Leo.»

Entré al cuarto intentando hacer el menor ruido posible y levanté el libro del suelo.

Como no había lugar para mesitas de luz, dejábamos nuestras cosas en el suelo: algún libro, los anteojos, la toallita de los mocos, el celular, la foto de mi viejo que mi vieja besaba todas las mañanas y noches.

El libro usado de aquel momento: *La montaña mágica*.

Acomodé la novela junto al teclado, la abrí en una página del medio y tipeé una de las oraciones de Mann.

Me quedé un rato largo contemplando esa oración.

Una oración que no me pertenecía, pero que separada del texto, sola en esa página de Word en una computadora barata en el culo del mundo, parecía mía.

No sé cuánto tiempo pasé contemplando esa oración, pero de pronto me volví a inclinar sobre el teclado y tipeé otra oración, esta vez mía, al lado de la de Mann.

Me quedé un rato largo contemplando las dos oraciones.

Mi vieja se levantó para ir al baño y me preguntó qué hacía.

Nada, le dije, me desvelé.

Quiso agregar algo pero no, se metió en el baño, hizo pis, tiró la cadena, salió del baño y volvió a la cama.

Me pasé el resto de la noche escribiendo.

Un cuento.

Un cuento horrible, empezado admirablemente por Mann y arruinado por mí.

Un cuento de quince páginas.

Quince páginas en unas pocas horas.

Terminé cansado, y feliz, aunque no entendía por qué me sentía feliz.

Un cansancio agradable que nunca antes había sentido, ni siquiera cuando lograba ejecutar alguno de los ejercicios de guitarra sin cometer errores.

Un cansancio mental, para nada físico, pero que también se sentía en el cuerpo.

Guardé el cuento en una carpeta que titulé Borradores y la carpeta Borradores en Mi PC.

Me acosté en la cama cuando mi vieja se despertaba.

Me dormí rápidamente, oyéndola prepararse el mate.

Al día siguiente leí el cuento una vez y, sin dudarlo un segundo, lo tiré a la papelera y vacié la papelera.

Me preparé un café con leche batido Dolca, me senté frente a la PC, abrí una página de Word y empecé a escribir.

Quería comprobar qué era lo que había provocado en mí ese cansancio perfecto: si el simple hecho de escribir mucho, o la idea de que estaba escribiendo algo bueno, o el acto de estar sentado frente a una pantalla de PC durante horas.

Escribí un cuento de veintisiete páginas de un tirón.

Me tomé tres cafés con leche batidos.

El cansancio era el mismo, perfecto, una paz a la que sólo los perros acceden.

Y eso que esa segunda vez había escrito convencido de que lo que escribía era una mierda, basura literaria.

Guardé ese segundo cuento en la carpeta Borradores en Mi PC.

A la mañana siguiente volví a leerlo, lo tiré a la papelera y vacié la papelera.

Así pasé los dos meses siguientes: escribiendo un cuento por día, de entre quince y cuarenta páginas cada uno, y a la mañana siguiente leía el cuento y lo tiraba a la papelera y vaciaba la papelera.

Nunca me sentí tan bien, como si un psiquiatra me hubiera recetado benzodiazepina y me hubiera dicho que la tomara todos los días, sin efectos secundarios, sin miedo a volverme adicto.

Pero sí me volví adicto.

Adicto a escribir esas páginas todos los días.

Adicto a escribir un cuento de mierda todos los días.

Si no escribía mi cuento de mierda, sentía que había sido un día perdido.

Tipeaba en la PC como un mono desaforado.

Empecé a notar los ruidos de mi vieja: cada cosa que mi vieja hacía en el departamento mientras yo escribía (cosas que había hecho durante años y nunca me habían molestado) empezó a resonar como amplificada por un megáfono.

Compré un cuaderno y me fui a escribir a un bar.

Ya casi no leía.

Sólo escribía, horas y horas (el mundo a mi alrededor una nebulosa), y luego rompía las hojas en pedacitos y las tiraba a la basura.

No guardé nada de lo que escribí ese año.

Miento.

Guardé una novela policial que escribí de un tirón.

Si mal no recuerdo, la empecé a las dos de la tarde en el bar de la esquina de casa y la terminé a las cuatro de la mañana en la PC, matándome a cafés con leche batidos mientras mi vieja roncaba en el cuarto.

Una novela policial titulada *Absolutamente quieto* que escribí con mucho entusiasmo, aunque luego me di cuenta de que no funcionaba, al menos no del todo, pero me dio fiaca corregirla.

Una novela policial que escribí sin saber adónde iba, sin saber cuál era la solución al misterio.

Me sorprendí a mí mismo cuando entreví la solución, en la página sesenta y pico.

Una novela policial que leía al mismo tiempo que escribía, y que tal vez por eso no funcionaba.

Conviene planificar antes de escribir una novela policial, estructurar de la misma forma en la que estructuramos los guiones, trabajar duro estructurando antes de sentarse a escribir la primera palabra.

Siempre me gustó leer novelas policiales, aunque la mayoría son idiotas y predecibles.

Hay algo sosegador en ese tipo de novelas.

Cada cuatro libros que canjeaba en las librerías de usados, elegía una novela policial; tres libros de lo que se llama «literatura seria» y un policial.

Disfrutaba mucho leyendo esos policiales, cuando no eran idiotas y predecibles; mucho más de lo que disfrutaba leyendo libros de literatura seria.

Excepto cuando leí la trilogía de Beckett.

Perdón, *las tres novelas* de Beckett.

A Beckett no le gustaba que llamaran a sus tres novelas «trilogía».

Molloy, Malone muere y *El innombrable*.

Hay algo de policial en esos libros de supuesta literatura seria, en especial en *Molloy*, aunque también en la parte final de *Malone muere*.

Compré en Librería Norte una cajita de Editorial Alianza con las tres novelas impresas en un papel barato, mal pegadas y con una letra apenas legible.

Leí y releí esas novelas durante un año, sin parar, sin intercalarlas con otros libros, hasta que me asqueé de esas mismas tres novelas, les empecé a tener bronca (no tanto a *Malone muere* pero sí a las otras dos; aunque también me asqueé de *Malone muere*; pero no le tenía bronca), y entonces llevé las tres novelas de Beckett a la librería de usados y las canjeé por *Operación Shylock* de Philip Roth.

* * *

Santiago se come las uñas.

Estos últimos días, mientras trabajamos, no para de comerse las uñas.

A cada rato se las mira, las examina, suelta un bufido, y sigue comiéndoselas.

Ayer escribí una escena importante.

Me sentí bien luego de escribirla, en calma.

Santiago bajó hoy a la mañana y me miró de esa manera en la que me mira cuando leyó algo que yo escribí y le parece bueno: una expresión difícil de interpretar, como si sintiese odio y al mismo tiempo orgullo, como si le molestase enormemente que yo haya escrito esa escena que funciona y al mismo tiempo tuviese ganas de abrazarme y llamarme «hijo».

La escena que escribí ayer derrumbó una pared: por primera vez en semanas podemos ver el segundo acto como algo posible.

Santiago anda de buen humor, no para de comerse las uñas y sonreír por cualquier cosa.

Nunca fue de reírse de mis chistes, ahora se ríe de todos mis chistes.

Sus chistes son siempre malos, y siempre se ríe tras contarlos (exageradamente), y me mira esperando que yo también me ría, convencido de que sus chistes son todos buenos e inteligentes y nuevos.

Sus chistes son todos malos y tontos y viejos.

Pero me río.

Claro que me río.

Otro de los precios que pago: el dolor de mandíbula.

Santiago está tan convencido de su genio que no imagina que uno pueda reírse de sus chistes falsamente, no existe la risa forzada luego de sus chistes.

Nos está costando encontrar humor en el guión.

Momentos de luz.

Santiago fuerza al máximo los momentos de luz, se convence de que pueden desenterrarse.

Pero los momentos de luz que funcionan son los que aparecen de forma natural, que no se fuerzan dentro de la escena, que se manifiestan inesperadamente.

A veces, cuando estoy escribiendo una escena dramática, tristísima, la mente me regala un chispazo de luz, un chispazo que no debo perder, que tengo que meter en la escena al instante.

Así es como aparecen los momentos de luz que valen la pena.

Pero en este tercer guión los chispazos escasean, y entonces Santiago empieza a forzarlos: me quiere hacer creer que padeció uno, cuando en realidad no lo padeció, lo está inventando.

Si no aparecen, no aparecen.

El guión es un poco lo que nosotros queremos que sea, un poco lo que él quiere ser.

¿Él o ella?

¿Es un él o un ella el guión?

El primer guión que escribí para Santiago es un él, el segundo un ella.

Éste tal vez sea el guión hermafrodita.

O el guión asexual.

Bueno, el guión asexual carece de humor.

Al igual que Santiago, que también carece de humor.

El humor depende de mí, y esta vez no está apareciendo.

El guión, hasta ahora, es puramente sombra, y un guión que es puramente sombra no puede ser la mejor película del año.

Una película que es puramente sombra puede ganar el Oscar a la mejor película extranjera, pero no a la mejor película.

Los días pasan volando.

Nunca imaginé que los días en el sótano pudieran pasar volando.

Norma me bajó un Red Bull con el almuerzo.

Le pregunté para qué el Red Bull, le grité que yo no lo pedí, pero como siempre no dijo nada.

No tiene que explicarme para qué el Red Bull: Santiago está desesperado.

Nuestra tercera película va a costar una fortuna, no menos de setenta millones de dólares.

Santiago nunca filmó con más de quince millones, lo que es un montón de plata para una película en español.

Pero esta tercera película debe tener un presupuesto de no menos de setenta millones, y eso si todo sale bien, si no hay contratiempos, y en las filmaciones de Santiago siempre hay contratiempos.

Su nivel de exigencia es inversamente proporcional al presupuesto preestablecido.

La verdad es que el Red Bull funciona; le pedí a Norma que me traiga otro con la cena.

Recuerdo una noche hace varios años cuando, cargado de cafeína, me senté frente a la PC a escribir un cuento que me tenía obsesionado.

Un cuento que como todo lo que escribía en esa época escribí de un tirón.

Un cuento que narraba la historia de un cura pedófilo que era sentenciado a treinta años de cárcel, y que luego de una década de silencio y encierro aceptaba ser entrevistado por un periodista, y le explicaba (al periodista) que él nunca había querido abusar de esos niños, que él no era un degenerado, que todo lo que había pretendido hacer era el amor con el niño Jesús.

Recuerdo la cara de mi vieja cuando leyó el cuento.

No sé por qué le di ese cuento para que leyera, nunca le mostraba lo que escribía.

Supongo que había algo en ese cuento que lo ponía por encima de los otros.

¿Me sentía orgulloso de haber escrito el cuento del cura pedófilo?

Un cuento horrible, espantoso, pero superior a todo lo que había escrito antes.

La primera vez que me sentía orgulloso de algo que había escrito.

Pero la cara de mi vieja me obligó a tirar el cuento a la papelera y vaciar la papelera.

No quería ser responsable de un cuento que provocaba esa cara en mi vieja.

Le di la novela policial, *Absolutamente quieto*; se la imprimí en un locutorio en hojas A4 y letra Times New Roman 14 a simple espacio.

Tardó una semana en leerla.

Me dijo que le había gustado mucho, que se había sorprendido al final, que estaba impresionada por el hecho de que yo hubiera sido capaz de escribir algo así.

La primera vez que mi vieja decía sentirse impresionada por algo que yo había hecho.

Nunca se impresionaba por mis logros musicales.

Me miraba con pena, una sonrisa de pena; una sonrisa que me decía: te voy a apoyar en lo que sea que quieras hacer, y al mismo tiempo: qué futuro triste preveo para vos en la música.

Me deprime escribir sobre mi vieja.

Imagino lo que habrá sentido cuando desaparecí.

Aunque no puedo imaginarlo, lo imagino, y me angustia imaginarlo.

A veces pienso que mi vieja hubiera aceptado vivir conmigo acá en el sótano.

Me hubiera ayudado a ayudar al más grande director de cine latinoamericano de todos los tiempos a convertirse en el más grande director de cine mundial de todos los tiempos.

Mi vieja fue la que me convenció de que dejara de tirar a la basura lo que escribía.

Tomate el tiempo que quieras, me dijo, pero escribí algo que valga la pena. *Que valga la pena para vos*. Algo que te dé ganas mostrar. Yo te preparo todos los cafés con leche batidos que necesites. No te apures. Si te lleva un año, tomate un año. Si te lleva dos, dos.

Me tomé tres.

Tres años en los que escribí cinco cuentos de no más de diez páginas cada uno.

Es decir, escribí mucho más, pero esos cinco cuentos eran lo único que a mi parecer tenía algún valor.

Estaba claro que no podía armar un libro con cinco cuentos de no más de diez páginas.

Mi vieja me dijo que sumara la novela policial, pero no, *Absolutamente quieto* pertenecía a otra época, había sido escrita durante mis años de entrenamiento.

No tiene nada que ver con estos cinco cuentos nuevos, le dije.

Mi vieja parecía entenderme, pero había vuelto a mirarme con su sonrisa de pena.

Lisandro me comentó que uno de sus primos tenía una casita frente a la laguna de Chascomús.

Si querés se la pido prestada, me dijo. Te vas unos días. Te encerrás en la casa y escribís hasta terminar al menos unos diez cuentos más. Después te ayudo a mandar el libro a las editoriales.

Nunca me gustó mucho viajar, y menos solo, pero Chascomús está a una hora y media de Capital, en auto, y no perdía nada con probar.

Mi vieja se ofreció a pagarme un remise.

Llegué a la casa del primo de Lisandro un martes a la mañana. Llovía.

La casa olía a humedad y algas.

En cada hueco al que me acercaba había una tela de araña.

Me dediqué las primeras horas a limpiar, a eliminar todo bicho que encontrara, a asegurarme de que los mosquiteros calzaban bien en las puertas y ventanas.

Llené la heladera con tetrabriks de leche entera Sancor, jugo de naranja Cepita y paquetes de salchichas Vienissima.

En la alacena: pan para panchos, mayonesa, ketchup, mostaza, un frasco grande de café instantáneo Dolca, vainillas Capri y bizcochos de grasa Nueve de Oro.

Los primeros dos días no salí de la casa.

Intentaba escribir en la cocina, en un cuaderno, un rato a la mañana, un rato a la tarde, un rato a la noche.

Luego intentaba dormir, o leer, o masturbarme.

Había llevado dos novelas de Cormac McCarthy (*Suttree* y *Meridiano de sangre*), los *Cuentos completos* de Flannery O'Connor y una *Hustler* del año del pedo que compré en uno de esos negocios de libros usados y revistas en calle Corrientes.

Taché todo lo que escribí esos primeros dos días.

En la mañana del tercero agarré envión con un cuento sobre un escritor que se encierra a escribir en una casa llena de bichos frente a la laguna de Chascomús, y sólo come panchos y vainillas y se mata a cafés con leche batidos Dolca, pero no logra escribir lo que quiere escribir, y entonces se para junto a la ventana de la cocina y describe en un cuaderno los distintos tonos del cielo, las formas de las nubes, etcétera.

La tarde del quinto día salí de la casa y caminé hasta la laguna.

Me senté sobre una piedra a mirar el agua.

No había nada especial en ese amontonamiento de agua.

Una laguna que como lugar turístico deja mucho que desear.

Una laguna que no muestra lo especial de la naturaleza, sino lo mundano, lo que se da por sentado, lo que nadie lloraría si dejase de existir.

Abrí *Meridiano de sangre* y leí unas páginas.

Nada tenía sentido, esa acumulación de violencia increíblemente bien escrita carecía por completo de valor.

Pensé, sentado en la piedra, mirando el agua amarronada, que si Cormac McCarthy desaparecía (es decir, si nunca hubiera existido) el mundo sería exactamente el mismo; que si Faulkner fuese arrebatado de la historia, el mundo sería exactamente el mismo; que si Shakespeare fuese arrebatado de la historia…

Un pájaro se detuvo a mi lado.

No sé qué pájaro era, parecía una paloma pero no del todo.

Se quedó un rato haciendo nada, moviéndose de esa forma histérica en la que se mueven los pájaros, y luego me miró, sus ojos de pájaro me miraron fijo, y soltó un graznido, y continuó mirándome, y luego sacudió las alas y se alejó.

Cerré el libro de McCarthy.

El sol bajaba frente a mí, escondiéndose tras los árboles.

Me sorprendió la velocidad con la que bajaba el sol; en pocos minutos se ocultó, y el cielo dejó de ser celeste, y las nubes se tiñeron de un rosa oscuro que me recordó al algodón de azúcar que mi viejo me compraba cuando íbamos al circo Rodas.

Pensé que ese cielo y esas nubes eran imposibles de ser escritas; que nadie, por más talento o genio que tenga, es capaz de escribir ese cielo y esas nubes.

Entendí por qué siempre había detestado la literatura naturalista.

Había leído los grandes libros de la literatura mundial salteándome párrafos enteros de descripciones.

Nadie pudo ni puede ni podrá poner en palabras ese cielo y esas nubes que colgaban frente a mí en esa laguna deprimente.

Volví a la casa, llamé a mi vieja y le dije que iba a volver.

Me preguntó cómo me había ido.

No le contesté.

Guardé la poca ropa que había traído en el bolso, salí de la casa, cerré la puerta con llave, caminé bordeando la laguna hasta que encontré a una señora tomando mate entre pastizales y le pregunté de dónde salía el colectivo a Capital.

* * *

Un año después, más o menos, terminaba de escribir mi primer guión.

En unos trescientos días le había dicho chau a la literatura y hola al cine, un arte que apenas conocía, más allá de haber ido al cine unas diez veces al año, desde que mis viejos me llevaron a ver *E.T.* al cine de Pinamar (mi primera película) y lloré como un boludo todo el tercer acto.

Santiago dice que el cine es el mayor de los artes, porque incluye a todos los demás:

El cine usa a la literatura, la pintura, el teatro, la música, la fotografía, la escultura. Usa las más diversas ciencias.

Yo pienso que el cine (nunca se lo dije a Santiago) usa el resto de los artes y las más diversas ciencias, pero no ahonda en ninguno; usa un poco de todos, pero no los exprime.

Se puede hacer cine sabiendo un poquito de pintura, o un poquito de teatro, o un poquito de literatura.

Un arte hecho a medida de estos tiempos, donde la mayoría de los artistas (incluido Santiago; incluido yo) no saben mucho de nada, no exprimen ninguna disciplina.

El cine es un arte industrial, y por eso mismo sumamente imperfecto.

Más gente participa, más imperfecto el resultado.

Una suma de imperfecciones.

El genio de uno se filtra en la mediocridad del resto.

No le dije chau a la literatura y hola al cine porque creyera que el cine es un arte mayor a la literatura.

No, el cine es un arte claramente menor a la literatura.

Ningún arte (excepto la música) logra un nivel de profundidad, de intimidad entre autor y público, como la literatura.

La literatura aún no ha podido ser superada por ninguno de los otros artes narrativos; ni por el cine, ni el teatro, ni la televisión.

Pero la literatura requiere un nivel de compromiso extremo.

El escritor tiene que vivir para escribir sus libros.

El resto de la vida es un estorbo: familia, amigos; entidades que no hacen más que estorbarlo, impedirle escribir una mayor cantidad de horas.

Me di cuenta de que no era capaz de semejante compromiso, y de que, de haber sido capaz, el resultado no hubiera valido la pena.

La relación compromiso/resultado me deja en la quiebra.

El guión, en cambio, requiere de un compromiso distinto.

El guión es un texto aliterario.

No tiene estilo.

Es decir, no importa que el guionista imponga su estilo en la página escrita.

Aunque hay muchos guionistas con estilos diferentes, al final ninguno de esos estilos importan, terminan archivados en el cajón de los guiones producidos o no producidos.

Me gusta sentarme a escribir sin tener que preocuparme por el estilo.

No tengo que ser Joyce, ni Hemingway, ni Carver.

Sólo tengo que escribir buenas escenas: didascalias claras, diálogos precisos.

Es más lo que evito que lo que no.

Aquel primer guión que terminé un año luego de volver de la casa en Chascomús no valía la pena, era esencialmente malo, pero no me avergonzaba como me avergonzaban los cuentos.

Se lo mostré a Lisandro.

Me felicitó, y luego me dijo que lo hiciera desaparecer.

Pero no lo tiré a la papelera, lo guardé en una carpeta titulada Guiones en Mi PC.

Lisandro había empezado a trabajar de asistente de producción en la productora de comerciales de su tío.

Le pedí que me consiguiera guiones, no importaba cuáles; quería leer guiones de cine, muchos guiones, solamente guiones.

Me consiguió un libro con cuatro guiones de William Goldman en español: *Butch Cassidy and the Sundance Kid, Marathon Man, All the President's Men* y *The Princess Bride.*

Me hice adicto a William Goldman.

Leí y releí esos guiones, los estudié, los retipeé palabra por palabra en la PC usando una versión pirata de Final Draft.

Escribir guiones, aunque aún no lo sabía hacer bien, encajaba conmigo.

El tipo de oración que me salía naturalmente cuando escribía cuentos calzaba mejor en los guiones.

Me pasé dos años escribiendo cortos y largos.

Los terminaba, releía, corregía, releía, corregía, releía, y los guardaba en la carpeta Guiones en Mi PC.

Leí pilas de libros sobre escritura de guión.

Leí y releí la *Poética* de Aristóteles, porque uno de esos libros decía que había que leer y releer la *Poética* de Aristóteles.

Memoricé las partes esenciales de la *Poética*, las puse en práctica: escribí más de veinte guiones siguiendo de cerca a Aristóteles.

Me compré un reproductor de DVD y alquilé todas las películas y series de televisión que tenían *commentary tracks* de guionistas.

Llené cuadernos anotando los comentarios que más me llamaban la atención.

Mandé algunos de esos cortos y largos a concursos, pero no

gané nunca; sólo saqué una mención en un concurso de cortos y me regalaron el libro *Cassavetes por Cassavetes*.

Leí y releí *Cassavetes por Cassavetes*.

Leí y releí *David Lynch por David Lynch, Esculpir en el tiempo* de Tarkovsky, *Conversaciones con Woody Allen, Aventuras de un guionista en Hollywood* de Goldman.

Me pasé semanas enteras encerrado en el departamento, viendo muchas de las películas más importantes de la historia del cine que aún no había visto, otras que sí había visto pero no recordaba del todo, matándome a cafés con leche batidos, de vez en cuando con mi vieja tomando mate al lado.

Seguí escribiendo guiones, examinándolos de cerca, tratando de ver por qué no funcionaban, cómo mejorarlos, cómo sacar el mayor provecho de cada uno de los actos, de cada uno de los puntos narrativos, cuál era la acción y el conflicto de cada guión, de cada escena, cuál era el giro final de cada escena, de cada acto, cuál era el tema de cada uno de los guiones, cuál era la intención de cada uno de los personajes, cuál era el obstáculo que mejor funcionaba para poner delante o dentro de cada uno de los personajes.

Les di a leer esos guiones a mi vieja, a Lisandro, a mi novia del momento, si es que en aquel momento tenía una novia, aunque no tuve muchas novias.

Mejoré a pasos agigantados como guionista, y ellos como lectores de mis guiones.

Mi vieja nunca me recriminó el hecho de que no trabajara (aunque lo que hacía encerrado en el departamento era de alguna manera trabajar).

Nunca me recriminó que no trajera plata; ni siquiera cuando pasé los treinta años, y luego los treinta y cinco.

No éramos de gastar mucho.

Casi no nos dábamos lujos.

Casi nunca comíamos afuera.

Usábamos la misma ropa por años.

La plata que mi vieja juntaba con sus animaciones infantiles era suficiente para cubrir nuestros seguros médicos, la comida, las expensas y algunos gastos extras.

Incluso había meses en los que sobraba plata que mi vieja guardaba en un termo Lumilagro rojo que escondía en la alacena tras los paquetes de yerba La Merced.

Espero que en estos últimos cinco años haya juntado suficiente para asegurarse algo de comodidad en la vejez.

* * *

Santiago dio un portazo y se fue.

Trabajamos las horas de costumbre, y cuando se disponía a salir, cuando levantó su silla y enfiló hacia la puerta, le pedí que esperara un momento.

Le dije que no pienso seguir escribiendo si él no le hace llegar a mi vieja un cheque de cien mil dólares.

Me miró de esa manera en la que me mira cuando digo algo que él no entiende del todo, o que sí entiende pero necesita unos segundos para digerir.

¿Cómo esperás que justifique un cheque de cien mil dólares para una mujer que no conozco?, me preguntó.

No importa, le dije. No es mi problema. Estoy seguro de que hiciste mucha plata con las películas que escribí para vos, y también estoy seguro de que vas a hacer más plata aún con esta que estoy escribiendo ahora. Lo menos que podés hacer...

¿Vos estás escribiendo una película para mí? ¿Vos escribiste películas para mí? ¿De dónde sacaste eso? ¿Dónde está tu nombre en las películas que supuestamente escribiste para mí?

Agarró la silla del respaldo y la tiró contra la pared.

Vos me estás ayudando, Pablo, dijo. Eso es todo lo que hacés. Me ayudás. Tenés el privilegio de ayudarme, y de esa manera sos parte de un suceso histórico. Nadie hace nada por mí en mis películas. Yo lo hago todo. Incluso las actúo. Yo las ilumino, y las edito, y les compongo la música, y les diseño el vestuario y el sonido. El resto me ayuda. Son mis ayudantes. Porque no se puede hacer una película completamente solo. Menos una película que va a cambiar la historia del cine mundial.

Le dije que por qué no escribía la próxima escena él.

Tomate el tiempo que quieras, le dije. Escribila y bajala y la leemos.

Me miró de esa manera en la que me mira cuando desea con el alma que yo sea un cuerpo muerto, un cuerpo en avanzado estado de descomposición.

No voy a escribir nada, dijo. Para eso estás vos. Yo te doy las escenas, vos las escribís. Las escenas son mías, la escritura tuya. Es todo lo que tenés, la escritura, el acto de escribir. Las escenas son mías, la historia es mía, los personajes son míos.

Sólo te pido que le resuelvas la vejez a mi vieja, le dije. No es mucho pedir. Cien mil dólares. Lo mismo que gastás en sandwichitos de miga para que el equipo técnico pique entre escenas. Cien mil dólares, Santiago. Con el ritmo de vida que tiene mi vieja, esa plata le dura veinte años. Si no querés darle un cheque con tu nombre, pedile a tu contador que saque la plata en efectivo de tu cuenta y Norma se la lleva a mi vieja.

¿Y qué va a pensar tu vieja? ¿Va a aceptar cien mil dólares de regalo de una mujer que no conoce?

Inventamos una excusa.

¿Cuál? ¿Qué excusa, Pablo?

No sé. Dejame pensar. Algo se me va a ocurrir.

No, no quiero que te pases el tiempo pensando excusas para que tu vieja acepte una plata que no le corresponde. Quiero que escribas las escenas que nos faltan. Recién estamos entrando en la segunda mitad del segundo acto. Falta mucho, y no nos queda mucho tiempo. Escribí, Pablo. Escribí mis escenas. Dejá de mirarme con esa cara de pelotudo y ponete a escribir.

Los portazos de Santiago son cada vez más exagerados, melodramáticos; cuanto más cerca estamos de terminar el guión, más crecen en exageración y melodrama sus portazos.

Escribo esto sentado en el suelo, con la espalda contra la puerta; aún siento las vibraciones.

* * *

No sé por qué no se me ocurrió antes pedirle a Santiago que se ocupara de mi vieja, que le solucionase la poca vida que le queda.

Me angustia y aterra preguntarme por qué no tuve la necesidad antes de pedirle a Santiago que se ocupara de mi vieja.

Me angustia y aterra la facilidad con la que acepté mi vida en el sótano, mi realidad de escritor ensotanado.

¿Por qué nunca se me ocurrió pedirle a Santiago que me pagara?

¿Porque estoy secuestrado, y nadie paga a un secuestrado?

Pero los secuestrados no suelen trabajar para sus secuestradores.

¿O sí?

¿Soy acaso como esos chinos secuestrados que fabrican carteras truchas?

No, esos chinos no están secuestrados; quisieron escapar de su país, pagaron para escapar, y fabrican carteras truchas porque aún deben plata, tienen que llegar a un número alto de dólares, pero cuando llegan pueden salir y hacer lo que quieran de sus vidas.

Supongo.

La verdad es que no sé nada de esos chinos que fabrican carteras truchas.

Nunca hice plata.

Quizá por eso no imagino que alguien tenga que pagarme por escribir guiones.

Estoy por cumplir cuarenta y seis años y nunca cobré un sueldo.

Nunca pagué un impuesto.

No llegué a ser ni monotributista.

Nunca tuve una tarjeta de crédito.

Viví veinticuatro años de mis viejos, doce de mi vieja, cinco de Santiago.

Me compraron un solo guión, en Buenos Aires, pero no me pagaron ni un peso.

El director y los productores me dijeron que nadie iba a cobrar, ni siquiera los actores, porque apenas tenían plata para producir la película, pero que cuando se estrenara todos iban a recibir una parte de la ganancia.

Me pusieron enfrente un contrato que decía que mi paga iba a ser cero pesos, pero que de la futura ganancia, que se dividía según el contrato en cien puntos, me iban a tocar tres puntos, lo que según ellos era un excelente arreglo para mí.

¿Cómo pude ser tan inocente de creer que esa película iba a hacer plata, que iba a dejar una ganancia?

Quizá no fui tan inocente de creer que esa película fuese a hacer plata, simplemente me chupaba un huevo.

La plata siempre me chupó un huevo.

Nunca escribí pensando en la plata.

Nunca imaginé que alguna de las cosas que escribía pudiera hacer plata.

La ganancia de escribir estaba en el acto mismo de escribir.

Por eso me siento a esta hora de la madrugada, con el rectángulo completamente negro, a escribir en este archivo encriptado.

Escribir es lo único que importa de escribir, es lo único que debe importar.

Quizá me chupa un huevo la plata porque nunca la necesité; siempre hubo en casa lo suficiente para cubrir las necesidades básicas; siempre conté con mis viejos, como ahora cuento con Santiago.

¿El sótano me soluciona la vida?

¿El secuestro me soluciona la vida?

Soy, evidentemente, una persona cómoda.

Mi viejo era un tipo cómodo; vivía en la comodidad de su rutina, y odiaba todo lo que lo obligara a romperla.

Odiaba irse de vacaciones.

Cuando mi vieja lo convencía de que fuéramos unos días a Pinamar o Mar del Plata, mi viejo se sumergía en un estado agudo de mal humor que le duraba semanas.

Por lo común, no lograba escapar de ese estado agudo de mal humor hasta el momento en que nos instalábamos en la casa de Pinamar o Mar del Plata y él acomodaba sus cosas y conseguía entrever cuál iba a ser su rutina el tiempo que durase esa vacación.

Antes del viaje, podía pasarse un día entero protestando porque la mampara del baño hacía ruido cuando la deslizabas para entrar o salir de la bañadera.

Una heladera que no cerraba del todo bien era capaz de forzarlo a pegarle una trompada a la pared y lastimarse la mano.

Sólo aceptaba con calma los viajes de trabajo, porque formaban parte de su rutina, estaban completamente solucionados, desde el auto que lo buscaba por casa hasta el auto que lo esperaba en el aeropuerto y lo llevaba al hotel, pasando por el *check-in* con prioridad, el lounge de clase ejecutiva, el abordaje con prioridad, el asiento de clase ejecutiva, los papeles que evitaban todo problema en migraciones.

Mi viejo no hacía nada en esos viajes que no fuera ir a los free-shops a anotar en su cuadernito de tapa color crema los detalles tanto espaciales como humanos.

No visitaba las ciudades, se instalaba en un hotel cercano al aeropuerto y pasaba las horas libres en su habitación mirando canales de noticias.

Mi viejo amaba los canales de noticias.

Una vez le pregunté por qué su amor por los canales de noticias, y me dijo que le gustaba ver lo que pasaba en el resto del mundo.

Me gusta saber que el mundo está ahí, me dijo, que existe y es inmenso y muchas veces horroroso. Los canales de noticias me dejan ver lo que pasa en el mundo sin tener que participar del mundo.

Le dije que en mi opinión los canales de noticias eran una ventana distorsionada.

Tomó un traguito de su medida de Johnnie Walker etiqueta negra (era capaz de hacer durar una hora esa medida de Johnnie Walker etiqueta negra) y me dijo que todos éramos una ventana distorsionada.

Todos, Pablo. No hay persona en el mundo que no sea una ventana distorsionada.

Mi viejo tenía un potencial enorme, de haberlo querido hubiera podido cambiar el mundo en las más diversas disciplinas, pero eligió reprimir ese potencial enorme a cambio de una vida simple y cómoda.

Mi viejo hubiera podido ser Santiago Salvatierra, quizá más grande que Santiago Salvatierra, pero eligió vivir como empleado de un millonario dueño del veinticinco por ciento de los free-shops del mundo.

Santiago nunca fue empleado de nadie, ni siquiera de los financistas que financiaron sus películas, ni de las marcas o productoras que lo contrataron para filmar comerciales.

Nunca filmó nada sin asegurarse el corte final.

Lo respeto por eso.

No aceptó ni uno de los proyectos que le ofrecieron los estudios de Hollywood.

En estos últimos años, Santiago podría haber dirigido una *Indiana Jones*, o la nueva *Star Wars*, o cualquiera de las películas de superhéroes que batieron récords de taquilla, pero no, él sólo filma lo que tiene ganas de filmar, historias que le pertenecen.

Se reúne con los financistas y productores ejecutivos de sus películas, y escucha sus comentarios, y trata de mostrarse abierto, respetuoso, pero al final siempre termina haciendo lo que quiere.

Por eso los presupuestos de sus películas suelen irse al carajo.

Por eso varios de los actores con los que trabajó no quieren verlo ni de reojo; porque a veces, para conseguir el resultado pretendido, tenía que torturarlos.

Meses y meses de tortura.

Actores que hacen lo que quieren y consiguen lo que quieren el noventa y cinco por ciento de las horas de su vida fueron sometidos a meses y meses de tortura.

Por eso Ricardo Darín estuvo a punto de cagarlo a trompadas en la fiesta tras el estreno de la única película que hicieron juntos.

Por eso Antonio Banderas, al terminar la última escena, luego de que el equipo entero aplaudiera durante un minuto el fin de la filmación, se quitó la ropa de su personaje y la tiró al suelo, enfrente de todos, y se encerró en su *trailer* y no volvió a salir.

Santiago sabe que hay mucha gente que no lo quiere ver ni de reojo, pero no le importa.

También lo respeto por eso.

Las películas son más importantes que la gente que las compone, Pablo, me dijo una vez. *Mucho* más importantes. Las películas son lo único que vale la pena. Las películas van a sobrevivirnos. Van a ser *nosotros* cuando nosotros no estemos. Van a ser *yo*. Un yo hecho de las imágenes más perfectas.

Releo el primer acto y lo que tengo del segundo.

Los días que me quedan para terminar el guión se van quemando incluso antes de vivirlos.

Lo mejor es no pensar.

No organizar.

No determinar un número de páginas por día, o un número de escenas por semana.

Lo mejor es escribir, seguir escribiendo, y que sea lo que dios quiera.

* * *

Antes de que entrara Santiago con su silla, la taza de café, el platito con fruta y las escenas impresas con sus notas, borré el pizarrón; escupí saliva en una servilleta de papel y borré el cuadro aristotélico del segundo acto, la lista de puntos narrativos importantes para cada personaje, la enumeración de temas a desarrollar.

A Santiago no le gustó encontrar el pizarrón en blanco.

Mi saliva huele a pescado podrido.

Permaneció un rato largo mirando el pizarrón vacío, y luego giró, me ofreció el platito con fruta y me dijo que las escenas que escribí ayer son lo mejor que escribimos en mucho tiempo.

Casi no tengo notas, dijo. Un par de pavadas, fijate. Si mantenemos este nivel, vamos a terminarlo a tiempo. Ayer hablé con Meryl Streep. Está adentro. La sedujo tanto su personaje que me dijo que está adentro, sin leer el guión. Aunque se muere de ganas de leerlo. La mejor actriz de la historia del cine va a leer nuestro guión, Pablo. Se lo va a aprender de memoria. Lo va a masticar hasta tragarlo del todo, hasta volverlo suyo, una parte de ella. Nuestras palabras van a ser las palabras de Meryl Streep.

Más presión.

Ahora cuando el personaje abre la boca, cuando escribo las palabras que salen de la boca del personaje, pienso en la boca de Meryl Streep.

Es la primera vez que Santiago me informa sobre casting.

Nunca me invita a participar de las otras áreas.

No me muestra fotos de locaciones, ni videos con sesiones de casting.

Sólo me permite proponer músicas, discos que pueden inspirar una futura banda de sonido, discos que por lo común terminan no gustándole.

Santiago se esfuerza enormemente por rechazar lo que otros (amigos, o miembros de su equipo de filmación, o productores, o actores) le proponen.

No le gusta ser consciente de que algo en sus películas no surgió de él, no es idea suya.

Lo que hace (al menos lo que hizo conmigo siempre) es rechazar lo que le propongo, estudiarlo y rechazarlo (le dijo que no a todos y cada uno de los discos que le pedí que bajara de internet y él compró en iTunes), y luego, unas semanas después, transforma esa propuesta mía en suya, se la apropia, como si yo fuese tan imbécil de no darme cuenta, de no recordar que fui yo el que le propuso tal o cual disco.

Su enorme desfachatez le permite salir del sótano completamente convencido de que no me di cuenta, de que no hay chances de que recuerde que fui yo el que le propuso tal o cual disco.

En realidad no sé si Santiago hace lo mismo con sus amigos, o los miembros de sus equipos de filmación, o sus productores, o actores; no me sorprendería que sí, que con ellos también sea capaz de convertir las propuestas ajenas en propias.

Envidio la desfachatez de Santiago.

Cuánto más fácil habría sido mi vida si hubiese contado con unos gramos de su desfachatez.

¿Dónde estaría ahora si hubiese nacido con medio kilo de la desfachatez de Santiago?

¿Casado?

¿Con hijos?

¿Viviendo en una casa en La Lucila con un estudio amplio donde pueda encerrarme a escribir y una biblioteca llena de libros?

¿Habría tirado aquellos cuentos que escribí en arrebatos a la papelera de la PC y luego vaciado la papelera?

¿O los habría guardado, y pulido, y reescrito un poco, y luego mandado a editoriales?

¿Habría aceptado una de esas editoriales mis cuentos?

¿Habría aceptado mi novela policial fallida?

Absolutamente quieto: más de un millón de ejemplares vendidos, traducida a treinta idiomas, los derechos vendidos a Hollywood.

Santiago no hubiera podido secuestrarme porque todos se preguntarían dónde está el exitoso novelista argentino.

Santiago no hubiera podido secuestrarme porque mi mujer y mi vieja habrían movido cielo y tierra para encontrarme.

Tal vez, si este tercer guión le permite a Santiago filmar la película que sueña con filmar, la que va a cambiar la historia del cine mundial, luego me deje ir.

No suena tan descabellado.

No hay nada luego de conseguirlo todo.

No creo que pierda mucho dejándome ir, ni tampoco que yo pueda ponerlo en peligro.

¿Quién va a creerle a un loco barbudo de casi cincuenta años que el director más grande del mundo lo tuvo encerrado en un sótano obligándolo a escribirle guiones?

Santiago no tiene nada que perder.

Eso pensé hoy, todo el día.

Ahora, sentado en el colchón con la laptop sobre mis muslos, no estoy tan seguro.

Santiago no es de dejar cabos sueltos, ni en la vida ni en el arte.

Una mezcla perfecta entre Fellini y Hitchcock: mitad poeta descomunal, mitad trabajador compulsivo.

No sé qué va a hacer Santiago conmigo en caso de que este tercer guión le permita filmar la película que él sueña con filmar.

Sí sé qué va a hacer en caso de que la película no cambie la historia del cine mundial: me va a pedir que escribamos otro.

Me va a hablar durante horas de la importancia del arte; del arte como eso que va a ser *nosotros* cuando nosotros no seamos.

Me va a prometer que esta vez tiene la historia indicada, la mejor historia para la mejor película jamás filmada, y yo le voy a decir que sí.

Voy a escuchar su historia, y voy a trabajarla con él, a estructurarla, a aristotelearla, y luego se la voy a escribir.

Por eso tengo que asegurarme de que este tercer guión sea el que va a cambiar la historia del cine mundial.

Este tercer guión tiene que permitirle a Santiago filmar la película que él sueña con filmar, tiene que convertirlo en el director más grande del mundo, sí o sí, tiene que darle el Oscar a la mejor película.

No, la Palma de Oro y el Oscar a la mejor película, ambos en el mismo año, por primera vez en la historia.

No duermo.

Como mucho dos horas, dos horas y media.

Me parece que hoy a la noche voy a dejar de intentarlo.

Si mi mente no quiere dormir, entonces la voy a poner a trabajar.

Que se joda.

Hace dos noches saqué las *Obras completas* de Borges del botiquín y leí un par de cuentos con la esperanza de que me dieran sueño.

No hubo manera.

Probé con un par de ensayos, pero los ensayos suelen estar mejor escritos que los cuentos y entonces me enganché leyéndolos, hasta que una oración en el segundo párrafo de «Valéry como símbolo» me empujó a la laptop y a este archivo encriptado.

Santiago se fue a Los Ángeles, vuelve en una semana.

Me pidió que por favor intentara llegar al menos a completar el tercer cuarto del segundo acto.

A veces los directores hablan de los guiones como si fuesen planillas de Excel.

La gente que no sabe escribir nunca va a entender qué es escribir.

En varias ocasiones intenté explicarles qué es escribir a mi vieja y a Lisandro, y aunque me decían que sí, que entendían, yo me daba cuenta de que no habían entendido nada.

No quiero sonar pedante, pero ésa es la verdad: la gente que no escribe nunca va a tener ni la más remota idea de lo que es escribir.

Me chupa un huevo sonar pedante.

Ni siquiera las personas que escriben porque creen que escribir puede servirles para algo, los que se anotan en talleres literarios, los que leen un libro que les gusta y piensan que ellos también pueden escribir un texto semejante, los que estudian Letras, los que estudian la carrera de guionista, los que escriben una página por mes, los que llevan un cuadernito a todos lados, los que subrayan libros y llenan los márgenes de boludeces, tienen la más puta idea de lo que es escribir.

Santiago va a morir como uno de los guionistas más exitosos de la historia del cine y sin tener la más puta idea de lo que es escribir.

Me tiemblan las manos al tipear esto.

Debe ser la falta de sueño.

Debe ser la certeza de que en lugar de escribir estas pelotudeces tendría que estar escribiendo escenas.

¿Y si fracaso?

¿Y si en lugar de escribir el guión que le va a permitir a Santiago filmar la película que sueña, la que va a cambiar la historia del cine mundial, escribo un guión de mierda?

¿Si empiezo a tipear lo primero que me viene a la cabeza?

Los escritores que piensan que lo primero que les viene a la cabeza es bueno no tienen la más puta idea de lo que es escribir.

Escribir bien (es decir, escribir en serio) es un trabajo de excavación, un trabajo arqueológico en uno mismo, quitarse de encima las capas de mediocridad hasta encontrar lo que vale la pena.

Los escritores que se creen Mozart nunca van a escribir algo que valga la pena; a no ser que sean Mozart.

¿Y si le otorgo mis dedos a esa primera capa de mediocridad que me cubre por completo?

Quizá Santiago se desilusione conmigo y me deje ir.

No, lo más probable es que me vuele la cabeza de un tiro.

Por mediocre.

Para evitar problemas futuros, sí, pero sobre todo por mediocre: para borrar del mundo mi mediocridad.

También es probable que se dé cuenta de que lo estoy haciendo a propósito.

Lo más probable es que se dé cuenta de que lo estoy haciendo a propósito.

También es probable que en mi intento de escribir un mal guión termine escribiendo el guión más exitoso jamás escrito por mí.

El peor en calidad, pero el más exitoso.

La mediocridad genera empatía.

Pero Santiago no aceptaría dirigir ese guión.

Tal vez aceptaría producirlo ejecutivamente; produjo ejecutivamente un montón de películas que en el mejor de los casos son pasables, como si se permitiese sponsorear sólo a directores que sabe son peores que él, *mucho* peores, como si ofreciese su nombre en beneficencia.

* * *

Cuando Santiago se va de viaje, Norma baja con el revólver calzado en el bolsillo de su delantal.

Una sola vez me apuntó, a la cara.

Una noche durante los meses que Santiago andaba filmando nuestra segunda película (o promocionándola), cuando me negué a comer la cena que me había traído con su cara de nada.

Le dije que no pensaba comer sesos.

Odio los sesos, le dije. No soy un zombi, Norma. No como sesos, sean de vaca o de neuquino.

Me miró.

Pensé que iba a decir algo, pero no, sacó el revólver del bolsillo de su delantal y me apuntó a la cara.

Con un pie empujó la bandeja con el plato de sesos y puré de calabaza en mi dirección.

Le dije que Santiago no me obligaba a comer si no quería comer.

Odio los sesos, Norma, le repetí. Sólo mirarlos me dan ganas de vomitar.

Levantó la bandeja con una mano, sin dejar de apuntarme, y salió del sótano.

Esa noche no vino a renovarme el aire.

A la mañana siguiente trajo el desayuno a cualquier hora.

Me tuvo varios días cambiándome los horarios, haciendo pedazos mi rutina.

Me limpiaba el sótano así nomás; se olvidaba de cambiarme las toallas, o de reponer el papel higiénico.

A veces bajaba con una radio portátil en la que escuchaba rancheras mexicanas.

Si yo estaba escuchando a los Beatles, se quedaba parada mirándome hasta que yo apagaba la música y ella prendía la radio.

Los meses que Santiago pasa preproduciendo o filmando o promocionando las películas duran años en el sótano.

Por lo común no hago nada durante esos meses.

Como, y duermo, y leo alguno de los libros que Santiago tiene arriba en su biblioteca y Norma me baja con la comida, y escucho a los Beatles, y me masturbo, y ahora próximamente, cuando Santiago se vaya a preproducir y filmar y promocionar esta tercera película, voy a poder tocar canciones en el ukelele, rancheras mexicanas cuando Norma baje a limpiar, si es que Santaolalla no le pide a Santiago que por favor se lo devuelva.

Ya no padezco ataques de desesperación o claustrofobia.

Sí padecí ataques de desesperación y claustrofobia los primeros meses al pedo, cuando Santiago se fue a preproducir y filmar y promocionar nuestra primera película.

No podía parar de pensar en mi vieja.

Mi vieja sola, sufriendo mi desaparición.

Siempre la imaginaba de la misma manera: sentada a la mesa de la cocina, con su mate, contemplando el amanecer.

Un amanecer que ya no es amanecer, por mi culpa, por culpa de Santiago.

Un amanecer arruinado.

Un amanecer que a veces veo retratado en el rectángulo de ladrillos de vidrio, aunque soy consciente de que no se trata del amanecer.

Un amanecer construido por el sol del mediodía.

Un amanecer que evité durante esos primeros meses al pedo, solo en el sótano, sin nada que hacer más que pasar el tiempo.

Me puse a leer biografías.

No sé por qué.

Le pedí a Norma que me bajara todas las biografías que Santiago tuviese en su biblioteca.

Leí la vida de Schopenhauer, de Dostoievski, de Ayrton Senna, de Chéjov, de Miles Davis, de Marco Polo, de Teddy Roosevelt, de Malcolm Lowry.

Releí la biografía de Malcolm Lowry.

Tres veces leí la biografía de Malcolm Lowry.

Escribí un texto basado en su adolescencia; un cuento largo, o una novela corta; otro de esos textos que escribí sin pensar en lo que escribía, sin estructurar, simplemente poniendo una oración tras otra, una palabra tras otra, una letra tras otra.

¿Hay otra manera de escribir acaso?

¿Vale la pena escribir de otra manera?

Titulé el cuento largo o novela corta *Júpiter no existe* y lo escondí en la carpeta Utilities, en Applications.

Tardé un mes en escribir ese cuento largo o novela corta.

Un mes de lucha diaria contra los ataques de desesperación y claustrofobia.

Un mes en el que cada uno de los días, por lo común a la noche, me encontraba al borde de gritarle a Norma que por favor me llevara a un hospital.

Lo único que me aliviaba la taquicardia (la certeza de que en cualquier momento iba a sufrir un ataque al corazón) era escribir ese cuento largo o novela corta.

Júpiter no existe me curó.

Malcolm Lowry me curó.

Escribir hacia delante sin saber adónde vamos es más efectivo que ir al psicólogo.

Pero no se puede escribir guiones yendo hacia delante sin saber adónde vamos.

No se puede escribir el borrador final de un guión yendo hacia delante sin saber adónde vamos.

Se puede escribir el primer borrador de un guión yendo hacia delante sin saber adónde vamos, pero lo más probable es que no quede nada de ese primer borrador, o casi nada.

Si uno está dispuesto a juzgar con frialdad ese monstruo, y a reescribirlo, y a tirar todo lo que haya que tirar, aunque sean escenas que en sí mismas funcionen, entonces sí se puede escribir un primer borrador yendo hacia delante sin saber adónde vamos.

Si uno llega al final de un borrador con la sensación de que escribirlo fue fácil, de que no hay grandes secretos en la escritura de guiones, ese borrador no sirve para nada.

Hay que sufrir.

Hay que pegarse la cabeza contra la pared.

Hay que sentir que todo es al pedo.

Hay que mirarse al espejo y darse cuenta de que nuestra cara es idiota; porque todos tenemos una cara idiota; y peor, ojos idiotas.

Hay que reírse como desquiciado al menos una vez por semana.

Hay que llorar.

Hay que leer lo que escribimos y llorar, no porque las escenas sean tristes sino porque dan pena.

Hay que pasarse horas y horas imaginando otras profesiones posibles.

Hay que pasarse horas y horas pensando excusas válidas, aunque sean falsas, que justifiquen el fracaso.

Hay que pensar en el suicidio.

Hay que pensar seriamente en el suicidio.

Hay que reírse a carcajadas de nuestros pensamientos de suicidio.

Hay que tipear a la fuerza, cuando no tenemos ganas de tipear.

Hay que leer lo que escribimos mil veces, dos mil veces, y cuando sentimos que lo que estamos leyendo es bueno hay que martillarnos un dedo.

Hay que aceptar que somos escritores de mierda intentando escribir algo fantástico, algo que es mucho mejor que nosotros.

Hay que entender que el noventa y nueve coma nueve por ciento de lo que somos es mierda.

Hay que buscar ese cero coma uno por ciento de nosotros que vale la pena.

Eso sí, todo esto que acabo de enumerar (aunque en realidad no lo enumeré) podemos hacerlo en casa en piyama a la hora que queramos.

Escribir es un trabajo difícil pero sumamente cómodo.

Los escritores que dicen que escribir es en su mayor parte tortura mienten, lo dicen para ahuyentar al resto de los mortales que andan por ahí dudando si dedicarse o no a la escritura, para evitar que la competencia crezca.

Escribir es un trabajo cómodo.

Mucho más cómodo que cualquier trabajo de oficina.

Muchísimo más cómodo que cualquier trabajo que se haga en la calle, o en el campo, o incluso en un medio de transporte.

Para ser un buen escritor hay que, antes que nada, ser un buen vago.

Vago en lo físico, no en lo mental.

Hay que elegir pasar horas y horas quieto.

Hay que *querer* pasar horas y horas quieto.

Por eso la mayoría de los directores no pueden escribir, porque para ser director hay que ser lo opuesto de un vago, tanto en lo físico como en lo mental.

El escritor tiene que ser vago en lo físico, lo opuesto de un vago en lo mental.

El director tiene que ser lo opuesto de un vago en lo físico y lo mental.

Una persona que vive moviéndose, que necesita vivir moviéndose, no puede escribir.

Una persona que no es capaz de pasarse horas y horas sentado en una silla, o acostado en un colchón, o tirado en un sofá, no puede escribir.

Yo funciono como guionista, no porque sea un gran escritor, sino porque soy capaz de vivir en este sótano.

La acumulación de horas en el sótano me vuelve un buen escritor.

La acumulación de horas en el bar o frente a la PC en la cocina de casa me volvieron un escritor decente.

Cuando Santiago leyó mi guión sobre el pibe que arroja a su familia en el pozo, no leyó a un gran guionista, leyó las horas apiladas frente a la PC en la cocina de casa.

Santiago secuestró esas horas apiladas frente a la PC, y con el tiempo me convirtió en horas apiladas en el sótano.

Mejoré mucho como escritor en este sótano.

Santiago me hizo mejorar.

Santiago no tiene la menor idea de lo que es escribir, pero sí sabe cómo mejorarme.

Si este tercer guión termina siendo el que le permita filmar la película que va a cambiar la historia del cine mundial, va a ser en gran parte gracias al sótano, a las horas apiladas en el sótano (horas que se siguen apilando), y a Santiago.

* * *

Norma bajó a las tres de la mañana a traerme un teléfono inalámbrico que guardaba la voz de Santiago:

Pablo, tengo buenas noticias. *Muy* buenas noticias. Jack Nicholson adentro. Meryl Streep y Jack Nicholson. Ambos sin haber leído el guión. Me dijo mi agente que es la primera vez que oye de algo semejante. Me dijo que quizá pronto ya no vamos a necesitar a los guionistas. Ja ja. Les prometí tanto a Jack como a Meryl que en un mes voy a mandarles los dos primeros actos completos. En un mes. Un mes, Pablo. Es ahora o nunca. Todo lo que aprendiste con los años, todo lo que sos como artista, para este momento. Ahora o nunca. Vuelvo en cinco días, con muchas ganas de leer lo que escribiste. Te llevo una sorpresa. *What? Yes, I'm coming.* Ahora o nunca. Ahora o…

Norma me arrancó el teléfono de la oreja y salió.

No pude volver a dormirme.

Me pasé dos horas leyendo y releyendo las escenas que escribí desde que Santiago se fue.

Me di cuenta, con horror, de que el personaje de Jack Nicholson (un personaje que en mi mente no se parece en nada a Jack Nicholson; se parece más a un James Caan con sobrepeso) casi no tiene líneas.

Sus acciones son esenciales, pero casi no habla.

Tal vez eso le guste a Jack.

¿Jack?

¿Quién mierda soy para llamar a Jack Nicholson *Jack*?

Nunca hubiera imaginado, mientras miraba *El resplandor* en la cama con mi vieja, que algún día iba a escribir un guión para Jack Nicholson, que iba a tipear las palabras que Jack Nicholson luego diría en la pantalla.

Aunque las palabras que tipeo no son exactamente las que Jack Nicholson va a decir en la pantalla.

Jack Nicholson va a decir en la pantalla la traducción al inglés de las palabras que tipeo.

Tengo menos de un mes para terminar el segundo acto, porque la traductora va a necesitar varios días para traducir.

No sé cuánto se tarda en traducir ochenta páginas de guión.

Me gustaría conocer a la traductora: la mujer que tradujo a Bolaño.

¿Qué tiene de especial eso?

Ni que Bolaño haya sido Arno Schmidt.

Cualquier traductor decente puede hacer una buena traducción de Bolaño.

Cualquier traductor decente puede hacer una buena traducción de nuestro guión.

Mi guión.

Me gustaría sentarme a discutir con la traductora la mejor manera de traducir mi guión, pero no hablo inglés, muy poco, lo suficiente para pedir un plato de comida o comunicarme con una azafata.

Me acabo de masturbar pensando en la traductora: la primera traductora profesional que al mismo tiempo es una bomba sexual.

El borrador final va a ser mío y de Santiago y de la traductora.

No, va a ser solamente de Santiago, como todo al final es solamente de Santiago.

El mundo entero va a terminar siendo de Santiago Salvatierra.

Hace media hora me tiré un pedo que aún sigo oliendo.

Me revuelve el estómago el olor de mis propios pedos.

Nunca me revolvió el estómago el olor de mis pedos, pero ahora sí, hoy sí; escribo esto para distraerme y no dejar que el estómago revuelto se convierta en arcada.

Escribo escribo escribo.

Escribo la palabra «Escribo» mientras escribo que escribo la palabra «Escribo».

Acabo de mandarme una cagada.

El estómago revuelto se convirtió nomás en arcada, y tuve que correr al baño y arrodillarme frente al inodoro y vomitar la fruta de hoy a la mañana, y luego, no sé por qué, abrí el botiquín y agarré el tomo tres de las *Obras completas* de Borges y salí del baño e intenté romper el rectángulo de luz.

Les di varias veces a los ladrillos de vidrio con el tomo tres de las *Obras completas* de Borges, les di para que tenga con «El libro de arena», con «La memoria de Shakespeare», pero no pude romperlos, sólo rompí el tomo tres de las *Obras completas* de Borges, lo hice mierda.

No hay manera de arreglarlo.

Cuando venga Norma lo va a ver, y se lo va a mostrar a Santiago, y no sé qué carajo le voy a decir cuando me pregunte por qué hice mierda el tomo tres de las *Obras completas* de Borges.

Please Please Me es un disco que me pone de buen humor; en especial la canción «Please Please Me».

Escucho varias veces la canción «Please Please Me».

La voz de Lennon me llena de ganas de vivir.

La de McCartney no tanto.

* * *

Estoy trabado, no puedo avanzar en el guión.

Cuando me siento en el colchón a escribir, pienso en Meryl Streep y en Jack Nicholson y en la traductora que va a cambiar por completo cualquier cosa que tipee, cualquier palabra que use para construir las escenas.

Por eso me vengo a escribir acá, a este archivo encriptado, porque nadie va a traducir esto, nadie va a cambiarlo.

Tengo miedo.

Un miedo que nunca antes sentí.

Un miedo que no entiendo.

No puede ser miedo al fracaso porque mi realidad de escritor ensotanado anula la posibilidad de fracaso, la posibilidad de que yo fracase.

Mentira.

No puedo fracasar a ojos del mundo, pero sí de Santiago.

Me da miedo imaginar lo que Santiago es capaz de hacer, de hacerme, si fracaso.

Mentira.

No soporto la posibilidad de fracasar a ojos míos, de fracasarme.

Tengo una oportunidad que muy pocos guionistas tienen, que ningún guionista argentino tuvo nunca, y quiero aprovecharla.

El problema es que ese querer aprovechar la oportunidad me paraliza.

Todos los guiones anteriores a éste, el que según Santiago va a permitirle filmar la película que va a cambiar la historia del cine mundial (incluso los dos guiones que escribí para él y que él filmó, en español, uno en Argentina y otro en España), fueron escritos sin pensar en lo que venía, desde una suerte de limbo construido sólo de tiempo presente, sin lugar para el futuro más allá de la noción de que iba a haber un día siguiente, y que ese día siguiente Santiago iba a leer lo que escribí el día anterior.

Extraño ese limbo.

Pagaría toda la plata que Santiago nunca me pagó por recuperarlo.

No sé por qué Santiago decidió, por primera vez, darme pistas de lo que viene.

¿Porque por primera vez se siente inseguro?

¿La duda lo está haciendo cometer errores?

¿O es la ansiedad?

¿O una táctica?

Una nueva manera de conseguir algo de mí, algo que no le di las dos veces anteriores.

No sé, pero no está funcionando.

Saber que esos actores, esas estrellas de Hollywood, van a ser parte de la película que Santiago va a filmar con mi guión, me quitó la frescura, me dejó sin un gramo de la poca desfachatez que tenía.

Ahora todo lo que escribo parece calculado, cada letra de cada palabra de cada oración y cada párrafo tiene un peso específico.

Al tipear cada letra siento que estoy llenando los casilleros de una palabra que forma parte de un crucigrama interminable.

Odio los crucigramas.

Lisandro ama (¿amaba?) los crucigramas, yo los odio.

Él se podía pasar horas en la mesa de un bar con sus revistas *Quijote*, completando crucigramas (sólo crucigramas, nunca sopas de letras), mientras yo leía y releía cuentos y ensayos de Borges.

Lisandro me miraba con una sonrisa cada vez que terminaba un crucigrama y me decía «Lo hice garcha», y empezaba a completar otro.

Yo estoy lejos de completar este crucigrama.

Hoy leí las dos escenas que escribí ayer, y al terminar de leerlas las eliminé; seleccioné las dos escenas y, sin dudarlo un segundo, apreté *delete*.

Luego intenté escribirlas otra vez.

Intenté olvidarme de lo que supuestamente tenía que escribir, de lo que nuestras notas decían que había que escribir, pero no pude olvidarme.

Escribir una buena escena no depende de olvidarse las notas.

Antes tampoco las olvidaba, simplemente las acomodaba en un lugar de mi mente que me permitía acceder a esas notas de ser necesario, pero al mismo tiempo ignorarlas de ser necesario; saber que las notas están ahí, poder verlas de reojo, pero escribir ignorándolas.

Ahora las notas están en el centro de mi cabeza; mis ojos miran para dentro y lo primero que ven son las notas, claramente, una debajo de la otra, y, lo peor de todo, con la letra de Santiago.

Este guión no va a ser mejor que *Amadeus*; no se va a acercar ni a dos metros de la calidad estructural y escena por escena de *Amadeus*.

Pero hoy en día no es necesario escribir algo tan bueno como *Amadeus* para cambiar la historia del cine mundial.

La historia del cine mundial hoy se cambia con vulgaridades, sólo hay que ver la lista de las últimas películas que ganaron el Oscar a la mejor película.

Hoy en día la historia del cine mundial se cambia con películas fallidas, en gran parte vagas, simples, de un nivel de complejidad muy bajo.

Es probable que las películas que ganan la Palma de Oro en Cannes, o el Premio del Jurado, sean mejores que las que ganan el Oscar a la mejor película, *mucho* mejores, pero las películas que ganan en Cannes ya no cambian la historia del cine mundial.

A muy poca gente le importa hoy en día lo que pasa en Cannes: un grupo de directores, actores y escritores de Latinoamérica, Europa y Asia que subsisten retroalimentándose (no sé si *retroalimentándose* es la palabra correcta) como especies de plantas en una granja de permacultura; un grupo de directores, actores y escritores de Latinoamérica, Europa y Asia que forman parte de una red social que ya a nadie, o casi nadie, interesa.

Me fui al carajo, lo que acabo de escribir es una exageración.

O no tanto.

No sé.

No importa.

Lo único que importa es que puedo sentarme en el colchón y tipear esto, sean exageraciones o no, y no perder la costumbre de tipear varias horas todos los días, porque tipear las letras que hacen a las palabras que hacen a las oraciones que hacen a los encabezados y didascalias y diálogos que forman las escenas de este tercer guión es imposible.

* * *

Santiago volvió con una energía descomunal, una sonrisa del tamaño del sótano.

Me trajo de regalo el vinilo de *Band on the Run* autografiado por Paul McCartney.

Me dijo que la noche anterior a volar para acá, cenó en el Chateau Marmont con McCartney y su mujer.

Me dijo que Paul es un tipazo.

A la mañana siguiente, uno de los asistentes del ex-Beatle apareció en su hotel (el de Santiago) con dos vinilos autografiados

(*Abbey Road* y *Band on the Run*) y una botella de lo que, según Santiago, es un vino californiano carísimo.

Mientras me contaba las noticias importantes de su viaje a Los Ángeles, yo intentaba entender por qué Santiago había decidido regalarme el vinilo de *Band on the Run* en lugar del de *Abbey Road*: si él sabe que lo único que escucho es a los Beatles, que nunca escucho discos de Lennon o McCartney o Harrison solistas (más de una vez le dije que sólo escucho a los Beatles), por qué me regaló el vinilo de un disco que no escucho en lugar del vinilo de un disco que, en mi opinión, es el segundo mejor disco de la historia de la música popular.

Y en todo caso: ¿por qué me contó que además de *Band on the Run*, el vinilo que pensaba regalarme, también le habían regalado *Abbey Road*, sabiendo que *Abbey Road* es para mí mucho más importante que *Band on the Run*?

Podría no haber dicho nada, quedarse con *Abbey Road*, disfrutarlo, y dejarme con la certeza de que el único vinilo posible, el único que existe, autografiado por Paul McCartney, en esta casa de San Martín de los Andes, es *Band on the Run*, un muy buen disco sin duda, un muy buen regalo.

Me pidió que le mostrara las escenas nuevas; con una expresión llena de entusiasmo, me pidió que le pasase la laptop y le abriese el archivo de Final Draft.

Leyó las escenas con un gesto serio que me puso a transpirar las manos; no podía parar de frotármelas contra el pantalón de jogging.

Hace cinco años que sólo uso remeras de cuello redondo, pantalones de jogging y medias de algodón.

Norma se lleva la bolsa de ropa sucia los domingos a la mañana y baja con la bolsa de ropa limpia los lunes a la tarde.

¿Qué es esto?, me preguntó Santiago.

Me miraba con una confusión auténtica; en sus ojos me pareció ver miedo.

Es todo lo que tengo, le dije.

¿Me estás jodiendo?

No.

Tres escenas. En diez días, mientras yo me rompía el orto en Los Ángeles preparando todo para que esta película sea una de las mejores películas jamás filmadas, vos escribiste tres escenas.

Escribí más de tres.

¿Y dónde están?

Las eliminé.

¿Cómo?

Las borré. No servían. No eran buenas escenas.

¿Me estás jodiendo?

No.

¿Quién sos para juzgar si esas escenas eran buenas o no?

El que las escribió.

Me miró de esa manera en la que me mira cuando le contesto en tono sarcástico, cerró la laptop y la tiró sobre el colchón.

¿Cuánto nos falta del segundo acto?, me preguntó.

Levanté la laptop, la abrí y le mostré el archivo de Word con el cuadro aristotélico del guión; en rojo había marcado el punto narrativo al que habíamos llegado.

Sentí cómo a Santiago se le aceleraba la sangre: podía ver la sangre de Santiago sacudiéndosele dentro como un rápido en una selva egomaníaca.

Perdón, le dije.

No sé por qué le dije «perdón».

Me pidió que nunca más borre escenas, aunque piense que son las peores escenas de la historia del cine.

Me dijo que él va a ser el juez de nuestras escenas, que él y

112

nadie más que él va a decidir de ahora en más cuál escena sirve y cuál no.

Habló media hora sin parar, explicándome por qué un escritor no debe ser el juez de sus propios escritos.

El escritor ejecuta, dijo, no juzga. Los artistas son los que juzgan.

Me dijo que él es el artista, yo el escritor.

Miguel Ángel era el artista, sus asistentes los escultores y pintores.

Me dijo que no podemos fallarles a sus actores, que si quieren leer los dos primeros actos en menos de un mes hay que mandarles los dos primeros actos en menos de un mes, que si fallamos en esto entonces empezamos con el pie izquierdo, y los actores de Hollywood, las estrellas de Hollywood, luego en algún momento nos la van a hacer pagar; se la van a guardar en silencio, días y días de silencio, semanas, meses, hasta que nos la van a escupir en la cara en el momento menos esperado.

Santiago siempre habla de *nosotros* cuando quiere convencerme de algo, o motivarme, o pedirme que me apure; aunque nunca antes me pidió que me apurase.

Le pregunté por qué me había contado de los actores.

Nunca me contaste de los actores, le dije. Al menos no hasta que estaba todo listo, unos días antes de que te fueras a filmar. ¿Por qué ahora? ¿Por qué me contaste de Meryl Streep y Jack Nicholson?

Y Sean Penn, dijo.

¿Cómo?

Sean Penn también está adentro.

Quise romperle la boca de una trompada.

Me vi rompiéndole la boca de una trompada, aunque desde el principio supe que no iba a moverme, que no iba a romperle ninguna boca con ninguna trompada.

Me di cuenta de que su cabeza completamente pelada, excepto por las cejas, me molestaba enormemente.

Le pregunté otra vez por qué.

Porque confío en vos, Pablo, dijo. Porque sé que sos capaz de escribir un guión excelente, el mejor de los guiones, pensando en esos actores, los mejores actores del mundo. Estás listo. Antes no estabas listo, ahora sí. Lo veo. Lo leo. Es más difícil, lo entiendo, pero también el resultado va a ser mucho más importante. Te estoy dando nuevos condimentos. Ahora andá y cociná el guiso más rico del mundo. Un locro que va a cambiar la historia del cine mundial.

No le dije lo que le quería decir.

Nunca le digo lo que le quiero decir.

Santiago se va y me deja con las palabras en la boca.

Tengo que aprender a interrumpirlo.

Tengo que aprender a decirle lo que pienso, sin preocuparme por las consecuencias.

¿Qué puede hacerme?

¿Qué puedo perder?

Estoy solo otra vez, en el colchón, tipeando esto, en lugar de tipear escenas, con más presión que antes, con menos tiempo que antes, con la remera empapada de transpiración.

Pasaron dos días y no escribí nada, ni siquiera pude sentarme en el colchón a tipear boludeces en este archivo encriptado.

Anteayer a la noche empecé a sentir un leve dolor en la parte derecha del vientre.

Una molestia.

Es la primera vez que la siento.

Debe ser la cabeza.

Mi cabeza digo: mi mente.

Como no puedo escribir, me invento dolores.

No le dije nada a Santiago, tampoco a Norma.

Cuando desperté (dormí menos de tres horas), el dolor se me había ido.

Pero ayer a la noche, luego de cenar, volvió a aparecer.

* * *

Santiago encontró el tomo tres de las *Obras completas*.

Me preguntó qué le había pasado al tomo tres, qué le había hecho, por qué estaba semidestruido.

¿Cómo lo encontraste?, le pregunté.

No importa cómo lo encontré, lo importante es que lo encontré.

Santiago suele decir exactamente lo mismo en dos situaciones similares, aunque hayan pasado años entre las dos.

Se comporta como una madre ofendida, una madre que es la peor madre del mundo pero no se da cuenta de que es la peor madre del mundo, y tiene el descaro de ofenderse cuando alguien hizo algo que ella no ve con buenos ojos, algo que en gran parte es culpa de ella.

Le mentí: le dije que había intentado leer el tomo tres de Borges, y que en un punto había sentido una bronca terrible, una bronca incontrolable, por culpa de Borges, porque me había dado cuenta, de pronto, de que uno de los problemas que tengo al escribir las escenas, desde que me contaste sobre la traductora, la mujer que tradujo a Bolaño, es que las escribo en español pensando en inglés, de la misma manera que Borges escribía en español pensando en inglés, y todo me suena falso, aunque mi inglés es muy limitado, no importa, escribo en español pensando que ese español es en realidad una traducción del inglés, y cada palabra es una palabra falsa, así como en Borges muchas de sus palabras son palabras falsas, hasta que en un arrebato empecé a golpear el tomo contra la pared, una y otra vez el tomo contra la pared y…

¿Contra qué pared?

Ésa, le dije señalando la opuesta al rectángulo de luz.

Santiago me miró de esa manera en la que me mira cuando no me cree del todo:

No me mientas, Pablo.

No te miento.

Miró hacia la puerta; la examinó, sin moverse.

Luego miró la pared opuesta a la puerta; la examinó, sin moverse.

Luego miró el rectángulo de luz; lo examinó, sin moverse.

Luego me miró, fijamente, a los ojos; me los examinó un rato largo, sin moverse.

Luego miró el tomo tres semidestruido en sus manos; lo examinó, sin moverse.

Luego caminó hasta la puerta, la abrió y giró.

Voy a pedirle a Librería Norte que te manden un tomo tres nuevo, dijo, y salió.

* * *

Escribir escenas es imposible.

No sé cómo fui capaz en el pasado de escribir escenas.

No sé cómo hace el resto de los guionistas para escribir guiones, para terminar guiones que luego se filman y transforman en películas que la gente va a ver al cine.

Me gustaría borrar todo lo que escribí de este tercer guión, hacerlo desaparecer, sacármelo de encima.

Empezar otra vez, otra historia, con otros personajes, sin actores para esos personajes, sin fecha de producción.

Tengo que volver a mi limbo.

Necesito mi limbo.

¿Cómo puedo hacer para recrearlo?

Aunque sea un forzamiento, un limbo artificial.

Necesito que Santiago me diga lo mismo que me dijo mi vieja cuando entendió que escribir cuentos era importante para mí, quiero que baje mañana con la taza de café y el platito con fruta y me pida que me tome el tiempo necesario, que me deje en paz con el guión, que me pida que me olvide de Jack Nicholson y Meryl Streep y Sean Penn, que me olvide de Hollywood, que escriba convencido de que Hollywood no existe ni como lugar ni como industria, que nunca existió, que me diga que puedo tardar lo que quiera, y que él no va a molestarme, que me pida que le avise cuando haya terminado.

Leo lo que escribí en este archivo encriptado.

Escribo que leo lo que escribí en este archivo encriptado.

$$* * *$$

Santiago entró a las siete y cinco de la mañana y se sorprendió al encontrarme despierto, recién bañado, releyendo el primer acto y lo que tenemos del segundo.

Le pedí que saliera.

No me entendió.

Le dije que si quiere que termine el segundo acto a tiempo, necesito que me deje solo, que no me moleste, hasta que lo termine.

No le gustó que dijera eso.

Intentó convencerme de que lo mejor es seguir como venimos, retomar la rutina.

Le dije que la rutina ya no cuenta, que la rutina se arruinó, por su culpa, por haber cambiado las reglas.

No le gustó que dijera eso.

Intentó convencerme de que las reglas son las mismas, de que lo único que hizo fue darme un poco más de información, ponerme al tanto de detalles de los que antes no me ponía al tanto, porque antes no estaba listo, pero ahora sí (otra vez dijo lo mismo: antes no estabas listo, ahora sí), hacerme un poco más parte del proceso.

Le dije que no quiero ser parte de ningún proceso que no sea escribir, que no me interesa saber de casting ni locaciones ni presupuestos, ni equipo técnico, y menos que menos de fechas de preproducción y producción.

Le dije que la única manera de terminar el guión es ignorando esos detalles, y que su presencia, la rutina, no hace más que recordármelos, escupírmelos en la cara una y otra vez.

Hagamos una cosa, dijo. Sigamos como venimos, pero no hablamos más de…

No.

No te cuento más detalles. Nada. Bajo como todas las mañanas y hablamos solamente del guión, de las…

No.

Me miró de esa manera en la que me mira cuando siente que me estoy comportando como un necio:

Pablo, no podés pedirme que…

Si no hacés lo que te pido, este guión no se termina. Yo no lo termino. Si querés intentá terminarlo vos, pero yo no voy a tipear otra palabra hasta que me dejes solo. Quedate arriba escuchando tu vinilo autografiado de *Abbey Road*. De lo contrario, en este sótano no se escribe más.

Pablo, por favor, oíme, sigamos como…

Basta, Santiago. No voy a cambiar de opinión. O te quedás arriba o este guión no se termina.

Se apretó los ojos con los pulgares, y luego me miró, sin pestañear.

Pensé que iba a desengancharse el revólver del pantalón; veía la culata asomando.

Me puso una mano en el pecho, la palma en mi corazón; en sus ojos: una rabia que apenas lograba contener.

No dijo nada, levantó su silla y enfiló hacia la puerta.

Esperá, le dije.

Giró; en sus ojos: una luz de esperanza se abrió camino entre la rabia.

Llevate los tomos de Borges, le dije.

Santiago dejó la silla en el suelo, desenganchó el revólver y lo sostuvo, sin apuntarme.

Abrió el tambor y revisó el número de balas.

Mis manos producían litros de sudor, los muslos de algodón y poliéster de mi jogging empapados.

Dos semanas, dijo. Te doy dos semanas. Norma te baja la comida y se va. Abre la puerta, te deja la comida en el suelo y cierra la puerta. Dos semanas, así la traductora tiene siete días para traducirlo.

Asentí.

El guión terminado, dijo.

No, dije, los dos primeros actos. Me dijiste que los actores están esperando que…

El guión terminado. En dos semanas. Salgo ahora y no vuelvo a entrar hasta… (chequeó el calendario en su celular)… el lunes veinte. Quiero ver la palabra FIN al final de la última página. Si querés escribí THE END, así la traductora tiene menos trabajo.

Se metió en el baño, agarró los tomos de Borges, los puso sobre la tabla de la silla, levantó la silla del respaldo y salió.

* * *

Dos semanas.

Un tercio del segundo acto y todo el tercero en catorce días.

Imposible.

En las últimas tres semanas escribí cuatro escenas, cortas, una de las cuales muestra a uno de los personajes (el de Sean Penn) yendo de un lado a otro en un convertible último modelo.

Una escena de tres líneas.

Tres escenas y tres líneas en tres semanas.

¿Y ahora?

¿Y ahora?

¿Y ahora?

¿Y ahora?

¿Y ahora?

¿Y ahora?

Me voy a pasar las dos semanas sentado en el colchón tipeando «¿Y ahora?» en este archivo encriptado.

¿Cuántos «¿Y ahora?» soy capaz de tipear sin volverme loco?

Cambié todo de lugar: puse el colchón bajo el rectángulo de luz, la caja de zapatos contra la pared opuesta a la puerta, enchufé la heladera bajo mesada en el enchufe del velador y el velador en el enchufe de la heladera bajo mesada, la pila de ropa limpia junto a la puerta del baño, la bolsa de ropa sucia junto a la puerta del sótano.

Me senté en el colchón y abrí la laptop.

Es raro no tener el rectángulo de luz enfrente, y también es raro sentirlo sobre mi cabeza.

Pensé en volver a poner todo donde estaba.

Un rato largo me quedé sentado en el colchón, con la laptop sobre los muslos, pensando en volver a poner todo donde estaba.

Si pudiese escribir el guión de la misma manera en la que escribo este archivo encriptado, ignorando por completo cuál es la palabra siguiente, tipeando una palabra tras otra sin preocuparme por el todo, sin pensar en el contexto, el tono, el tema, la calidad de lo escrito…

Como decía Flannery O'Connor: sin saber lo que pienso hasta que leo lo que escribo.

Estuve tentado en pedirle a Norma que me baje los *Cuentos completos* de O'Connor.

Pero si le pido a Norma que me baje los *Cuentos completos* de O'Connor, lo más probable es que me pase las horas leyéndolos, convenciéndome de que el acto de leerlos es trabajar en el guión, hasta que llega la noche y me doy cuenta de que tipeé poco y nada en el archivo de Final Draft, y que de los cuentos de O'Connor no saqué más que envidia sana y placer.

Lo que vuelve las historias grotescas de O'Connor fascinantes es la presencia de algo más grande que los personajes detrás de los personajes, algo que en el caso de O'Connor es el dios católico.

Entendí que los cuentos, novelas, obras de teatro y películas que más me habían gustado suelen incluir la presencia de un algo más grande que los personajes detrás de los personajes.

Amadeus incluye ese algo, en la forma, al igual que en O'Connor, del dios católico.

Pero ese algo más grande que los personajes detrás de los personajes no tiene que ser el dios católico, o Alá, o Shiva; ese algo puede ser el destino, o una maldición, o un centro de energía electromagnética.

En este tercer guión, el que debe cambiar la historia del cine mundial, el algo más grande que los personajes detrás de los personajes es una película.

La película que estoy escribiendo (intentando escribir) incluye una película, que en esencia es la misma que estoy escribiendo (intentando escribir), que se proyecta una vez al año en el sótano de la casa de uno de los personajes, el de Meryl Streep, y empuja a los espectadores a un destino del que no pueden escapar.

El destino que les marca la película que es proyectada en el sótano es mucho más grande que el destino común, el hado, sino, fatum.

Me acabo de dar cuenta de que la idea de la película que determina el destino de los personajes que la ven en el sótano es pedante, anticuada, metaliteraria al pedo.

¿Metaliteraria?

Posmoderna al pedo.

¿Posmoderna?

No es una idea digna de cambiar la historia del cine mundial.

Una idea que trajo Santiago y que tendría que haber rechazado en su momento, o al menos tendría que haberla puesto en duda con más vehemencia; de una idea mediocre puesta en duda con vehemencia puede salir algo bueno.

¿Cuántas veces escribí la palabra «algo» en este archivo encriptado?

Cuando un escritor que no es un genio (que no es Mozart) se sienta frente a una laptop o un cuaderno a escribir lo primero que le viene a la cabeza, las palabras y construcciones lingüísticas suelen repetirse enloquecedoramente.

Los escritores no genios somos presos de esas palabras y construcciones lingüísticas.

No sé si «construcciones lingüísticas» es la expresión correcta.

Nuestra mente existe en una prisión de pocas palabras y un número limitado de construcciones lingüísticas.

Hace cinco horas que lucho contra el deseo irreprimible de tirar a la papelera el primer acto y lo que tengo del segundo y vaciar la papelera.

Si paro de escribir en este archivo encriptado, no va a quedar nada por hacer que no sea tirar a la papelera el primer acto y lo que tengo del segundo y vaciar la papelera.

También quiero eliminar la carpeta con los cuadros aristotélicos y los *backstories* de los personajes y el archivo de TextEdit con las miles de notas que Santiago soltó en el aire viciado del sótano y que nunca usamos ni pienso usar aunque Santiago venga y gire el tambor del revólver y me apunte y dispare cincuenta veces.

Escalofríos de felicidad me recorren el cuerpo cuando pienso en eliminar todo material existente de este tercer guión que escribo para Santiago Salvatierra, un guión que debe cambiar la historia del cine mundial.

* * *

Norma me bajó un plato de locro, dos rodajas de pan lactal blanco, un vaso de agua y tres Red Bull.

Se dispuso a usar el tanque de oxígeno, pero le dije que no era necesario.

Le pedí a Santiago que te pida que dejes la comida junto a la puerta y cierres la puerta, le dije. Y eso es lo que quiero que hagas. En lo posible no entres al sótano. Que nadie entre al sótano.

Me miró con lo que me pareció una sonrisa.

La primera sonrisa que veo en la cara de Norma, aunque no estoy completamente seguro de que se tratara de una sonrisa.

Salió con el tanque de oxígeno y cerró la puerta.

El locro pica como la mierda.

Gateé hasta la mesita de luz y comprobé que tengo suficientes pastillas anti-hemorroides.

Me forcé a comer todo el locro y el pan, a tomar toda el agua y una de las Red Bull.

Me senté en el colchón con la laptop sobre los muslos.

No pude escribir.

Estuve horas dando vueltas por el sótano, con el archivo del guión abierto en la laptop sobre el colchón, el cursor titilando como un hijo de puta.

No hay nada que escribir.

Leí los cuadros aristotélicos.

Leí los *backstories*.

A las dos de la mañana leí el archivo de TextEdit con las notas de Santiago.

El locro me burbujeaba en el estómago.

Me tomé otro Red Bull.

No hay nada que tipear, me dije.

Toqué en el ukelele un set de doce canciones de los Beatles que aprendí en las últimas semanas.

Tuve que sacarlas de oído, porque Santiago nunca me trajo el libro de partituras ni el de ejercicios para aprender a tocar el ukelele.

Tocar el ukelele es fácil, no me costó descifrar los acordes más importantes, luego improvisé los otros.

«She's Leaving Home» es una obra maestra de McCartney.

Lástima que no sé cantar.

Toco los acordes en el ukelele y silbo la melodía.

Santiago me dijo que el ukelele se llama en realidad «ukulele», que Santaolalla le informó que en realidad se llama «ukulele», que significa en hawaiano «pulgas saltarinas».

Desde ese momento empezó a llamarlo «ukulele»; incluso alarga un poco la segunda *u* cada vez que pronuncia la palabra.

Pero yo no puedo decir «ukulele».

Tampoco puedo escribirlo.

Y lo curioso es que el Word me da como correcto «ukelele», no «ukulele».

Al parecer, Santaolalla es más sabio que los procesadores de texto en lo que se refiere a instrumentos musicales.

El dolor en la parte derecha del vientre aparece luego de la cena, media hora luego, y me dura hasta la mañana.

Deben ser gases, pedos monstruosos que se me atascan.

Solía hacer caca todos los días a las siete de la mañana, justo antes de que Santiago bajara.

Todos los días sin excepción.

Hasta que Santiago dejó de bajar.

Hace tres días que no voy al baño.

Es decir, que no hago caca.

¿Por qué «ir al baño» suele significar «hacer caca» y no «pis» o «pegarse una ducha» o «lavarse los dientes»?

Las personas van al baño por los más diversos motivos.

Grandes canciones fueron compuestas en el baño.

Grandes novelas fueron escritas en el baño.

No sé si novelas enteras, pero sí capítulos, o párrafos.

Yo corregía mis guiones sentado en el inodoro, con la puerta cerrada, oyendo a mamá en la cocina tipeando mails en la PC.

Usaba dos dedos para tipear.

A veces sólo uno, cuando la otra mano sostenía el mate.

Es increíble la cantidad de cosas que puedo hacer en este sótano que no son escribir el guión que tengo que escribir.

* * *

Ya pasaron tres días desde que le pedí a Santiago que saliera y no volviera a entrar.

Me quedan once.

Once días para escribir más de un tercio del guión que debe cambiar la historia del cine mundial.

En estos últimos dos días me fui convenciendo de que hay mucho de lo escrito que tengo que reescribir.

Incluso me convencí de que tengo que dejar de lado la idea de la película que determina el destino de los personajes que la ven en el sótano.

Pero si dejo de lado esa idea, una idea esencial para la historia que estamos contando, una idea madre, tengo que reemplazarla con otra idea mejor que al mismo tiempo pueda ser igual de esencial, otra idea madre.

No pensé ninguna idea madre que pueda reemplazar a la película que determina el destino de los personajes que la ven en el sótano.

Y de pensarla, y luego meterla en el guión, lo más probable es que Santiago al leerla me vuele los sesos de un tiro, por haberle hecho perder el tiempo, por haber quitado su idea genial, por haberla reemplazado con una idea idiota y para nada esencial.

¿Y si renuncio?

¿Renunciar equivale a sentenciarme a muerte?

También puedo pasar estas dos semanas (es decir, los once días que quedan) masturbándome, y luego decirle a Santiago que no terminé el guión.

Decirle que el arte, al menos el buen arte, no es algo que se hace a las apuradas, no es algo que se cronometra.

Decirle que el hecho de que Dostoievski haya tardado unos pocos meses en escribir algunas de sus novelas porque necesitaba plata de su editor para pagar deudas en el casino, no quiere decir que todas las novelas puedan ser escritas en pocos meses.

El arte no tiene tiempo.

Las obras están siempre siendo escritas, y reescritas, porque son imperfectas, y algo imperfecto es también algo no terminado.

Santiago abusa de la palabra «perfección».

Se cree perfeccionista.

Se admira por el hecho de que siempre busca la perfección, aunque eso haga que sus producciones dupliquen el presupuesto preestablecido, y que muchos de sus colaboradores, en especial actores, lo detesten con el alma.

No existe la perfección.

El *Ulises* de Joyce es la mejor novela jamás escrita y al mismo tiempo una suma interminable de imperfecciones.

Podría pedirle a Norma que me la baje, Santiago debe tener una copia del *Ulises*.

Lo más probable es que no la haya leído; que haya intentado leerla, pero no terminado.

Se habrá sentido confiado al empezar (Joyce estuvo piola arrancando con un capítulo tan accesible), como la mayoría de los lectores se sienten confiados, y luego se habrá ido quedando sin fuerzas a medida que la prosa se complicaba.

Hoy pasé parte de la mañana recordando a Anita, la chica que Santiago trajo al sótano durante mi segundo año de encierro.

Una araña que tejía una tela contra el marco del rectángulo y no me atreví a matar me hizo pensar en Anita.

Guardo su cara, cuerpo y palabras claramente.

Una cara mucho más perfecta que el *Ulises* de Joyce.

¿Me habrá mentido Santiago cuando me dijo que Anita no quiso volver, que yo no le gustaba?

Mejor suponer que me mintió.

¿Qué estoy haciendo?

¿Qué gano trayendo a Anita a este archivo encriptado cuando

lo que tengo que hacer es terminar de escribir un guión que debe cambiar la historia del cine mundial?

Debería eliminar este archivo encriptado, ya, tirarlo a la papelera y vaciar la papelera.

Chau.

Irrecuperable.

Sólo queda el guión, el archivo de Final Draft con el primer acto y lo que tenemos del segundo.

Debería intentar escribir el guión con la misma libertad con la que escribo este archivo encriptado.

No pierdo nada con probar.

Sí, pierdo tiempo, y ya es poco el tiempo que me queda.

Bueno, también pierdo tiempo tipeando en este archivo encriptado.

* * *

Me acabo de dar cuenta de que no fui yo el que le pidió a Santiago que le pidiera a Norma que dejase la comida junto a la puerta y cerrase la puerta, fue una idea de Santiago.

Le dije a Norma que yo le pedí a Santiago que le pidiera que dejase la comida junto a la puerta y cerrase la puerta, pero ahora recuerdo que fue una idea de Santiago; yo simplemente le pedí que me dejaran en paz, solo en el sótano.

Santiago fue el que dijo que Norma iba a abrir la puerta, dejarme la comida y cerrar la puerta.

Me apropié de una idea de Santiago, la hice mía con una facilidad espantosa.

Necesito oír la lluvia.

Eso es lo peor: depender de la naturaleza.

Nadie necesita que llueva.

Excepto los granjeros.

Millones necesitan que llueva.

Millones dependen de la naturaleza.

Pero la naturaleza no sabe escribir un guión capaz de cambiar la historia del cine mundial.

La lluvia no sabe escribir un guión capaz de cambiar la historia del cine mundial.

La lluvia ni siquiera sabe escribir *Mujer bonita*.

Santiago no sabe escribir *Mujer bonita*.

Yo no sé escribir *Mujer bonita*.

¿Peter Shaffer hubiera sido capaz de escribir *Mujer bonita*?

Es mucho más difícil escribir *Mujer bonita* que un guión que cambie la historia del cine mundial.

Es mucho más difícil escribir *Mujer bonita* que *La dolce vita*.

Podría mandarme un «Pierre Menard» con *La dolce vita*.

Anita tenía algo de Estela Canto, de una foto de Estela Canto que encontré en una de las aburridísimas biografías de Borges.

¿Aburridísimas?

¿Quién soy yo para decir que la de Borges fue una vida aburrida?

¿No fue el mismo Borges el que dijo que su vida había sido sumamente aburrida, que la vida de un intelectual debe ser sumamente aburrida?

¿No era Borges el que se reía de Hemingway y su vida poblada de toros y mujeres y guerras?

La vida de Borges al menos no fue tan aburrida como la mía.

Mi biografía no es más que un suspiro en una habitación mal iluminada en un hotelucho abandonado en un pueblo que ya a nadie importa.

Mi biografía es una suma de momentos de quietud, con una taza de café con leche batido en la mano, mirando biografías igual de aburridas que la mía pasar por la ventana.

Momentos con mi vieja, desayunando o almorzando o cenando, en silencio, tirados en la cama viendo una película, en silencio.

Una biografía de mil páginas, más larga que la de James Joyce de Ellman.

De siete mil páginas, más larga que los cinco tomos de la de Dostoievski de Joseph Frank.

Llena de momentos que no significan nada, o significan todo.

Un *Ulises* que cuenta los miles de días al pedo de un solo personaje.

Miles de idas al baño sentado en el inodoro con un cuento en la mano, un cuento que nunca usé para limpiarme el culo.

Miles de escenas cargadas de líneas de diálogo del tipo:

Pasame la sal.

Tomá.

Gracias.

Naturalismo del más aberrante.

Una película de Lisandro Alonso de setecientas horas.

Una biografía que no vale la pena, hasta mi viaje a San Martín de los Andes, hasta mi entrada en este sótano de mierda.

Santiago me obsequió un final que rompe el naturalismo.

¿Final?

El naturalismo enfermante que era mi vida.

¿Enfermante?

Enfermante para el espectador, no para mí.

No hay espectadores de mi película de Lisandro Alonso.

No hay lectores de los siete tomos de mi biografía sin fotos.

No hay lectores de este archivo encriptado que debería tirar a la papelera y vaciar la papelera.

¿O sí los hay?

¿Santiago es el lector de este archivo encriptado?

¿Santiago puede meterse inalámbricamente en esta MacBook Pro, *su* MacBook Pro, y leer lo que escribo?

Si eso es verdad, aunque lo dudo (más me vale dudarlo), acá te regalo unas líneas, Santiago Salvatierra:

No sabés escribir.

No sabés escribir.

No sabés escribir.

No sabés escribir.

No sabés escribir.

No sabés escribir.

No sabés escribir.

No sabés escribir.

No sabés escribir.

* * *

Norma ahora golpea la puerta antes de abrirla; espera que yo la golpee de mi lado, para abrirla y dejar la comida y el agua y cerrarla.

Santiago se tomó en serio mi propuesta, va a dejarme solo, solo solo, con la esperanza de que termine su guión de una vez por todas.

El primer borrador.

Luego va a comentarme sus notas, y me va a pedir que haga las correcciones en un día.

No voy a tener tiempo de contradecir sus notas, de matárselas sin que se dé cuenta de que se las estoy matando: un virtuosismo que desarrollé durante la escritura del segundo guión.

A los directores no les gusta que les digan que no.

Conozco un solo director además de Santiago, pero no tengo ningún reparo en afirmar que a los directores, sean de la parte del mundo que sean, no les gusta que les digan que no.

Cuando les decís que no a una de sus ideas o notas, lo más

probable es que se obstinen en esa idea o nota, aunque ellos mismos duden de esa idea o nota.

También es probable que, luego de recibir un par de negativas, empiecen a rechazar compulsivamente todas nuestras ideas y notas.

Varias veces vi en los ojos de Santiago que una de mis ideas le gustaba, que incluso lo había sorprendido, y unos segundos luego, sin poder evitarlo, me decía:

No, Pablo, es una locura. Nadie en la vida real haría una cosa así.

Pero las películas no son la vida real.

Por eso la mayoría de las películas basadas en vidas reales no funcionan.

Las películas son películas, no importa que sean ideas originales o no, basadas en vidas reales o no.

Cuando alguien se sienta a ver una película, *ve una película*, y disfruta o no de esa película, sin importarle si es una idea original o no, si está basada en vidas reales o no.

Las biopics no funcionan.

Excepto *Amadeus*, que no es una biopic.

Peter Shaffer usó personajes que existieron para contar la lucha entre el artista y su irremediable mediocridad.

Nadie que ve *Amadeus* piensa que eso pasó, que los eventos que ve son reales.

Al espectador no debería importarle de dónde viene la película, sólo la película.

¿Cuántas veces vimos una película que no funciona y alguien para defenderla nos dijo «Pero es una historia real», o «Pasó en serio»?

Muchas ideas que vienen de la vida real en películas no funcionan.

Los guionistas tenemos que olvidarnos del hecho de que vienen de la vida real, de que pasaron, y que por eso mismo hay que respetarlas.

No hay que respetar nada a la hora de escribir un guión.

La película existe en su propia realidad, y ésa es la única que debe importarnos.

Una realidad construida de elementos reales, pero que al mismo tiempo inventamos.

Inventamos por completo.

Norma forma parte de la realidad inventada por Santiago.

Es probable que yo también forme parte de la realidad inventada por Santiago.

Tal vez el mundo entero… no, el universo forme parte de la realidad inventada por Santiago.

El sótano huele al locro de hace dos días.

Hoy me tomé cuatro Red Bulls.

Me pasé una hora haciendo flexiones de brazos; mañana me van a doler como la mierda.

El dolor en la parte derecha del vientre va y viene.

Cuando viene, resiste unas dos o tres horas.

Por lo común, lo siento venir, de a poco, e intento ignorarlo, hasta que es imposible ignorarlo, y entonces lo dejo ser, me convenzo de que el dolor va a quedarse para siempre, y a las dos o tres horas se va.

La línea de bajo de «Getting Better» es mejor que todos los guiones jamás escritos; todos los guiones en todos los idiomas, los producidos y los no producidos y los abandonados.

Me paré una hora bajo el rectángulo de luz con el sol en la cara.

No sé si una hora.

Almorcé parado bajo el rectángulo un sándwich de pavita, queso y tomate, poca mayonesa.

Le dije varias veces a Norma que quiero los sándwiches con

más mayonesa, pero no me escucha, o no me hace caso, o para ella esta cantidad de mayonesa es mucha mayonesa.

¿Me habrán dado por muerto en Buenos Aires?

¿Se da por muerto a alguien que desaparece?

¿Cuánto tiempo tiene que estar una persona desaparecida para que la den por muerta?

¿Me habrán buscado?

¿Habrá venido la policía de Buenos Aires a San Martín de los Andes?

¿Habrán hablado con Santiago?

¿Hay algún testigo de que Santiago me buscó en el Aeropuerto Chapelco?

¿Le importa a la policía encontrar a un cuarentón que no tiene trabajo ni cuenta de banco ni tarjeta de crédito ni paga impuestos y vive con su madre en un departamentito de Belgrano?

¿Habrá venido mi vieja a San Martín de los Andes?

¿Habrá caminado las callecitas de tierra con la esperanza de encontrarme?

¿Se habrá cruzado con la cuatro por cuatro de Santiago?

¿Vino sola o con Lisandro?

Lisandro se la pasaba escuchando a Pink Floyd.

Yo a los Beatles, él a Pink Floyd.

Cientos de horas de discusión.

Yo le decía que el mayor problema de Pink Floyd era que se tomaban demasiado en serio, y él decía que el mayor problema de los Beatles era una pasión por la rebeldía que no les había permitido dejar de ser nenes, y yo le decía que ésa era una de las virtudes de los Beatles, que el mayor problema de muchos artistas, no sólo los músicos, era que habían dejado de ser nenes.

Los Beatles eran Joyce, Pink Floyd era Sábato.

Pero los Beatles entendían que la melodía era más importante que la experimentación, y esa forma de entender el arte debe trasladarse a los guiones: la historia con su trama, conflicto, giro y desenlace debe ser siempre más importante que la experimentación visual o narrativa.

Santiago es Pink Floyd, aunque él piense que es los Beatles.

Santiago no parece preocuparse mucho por su imagen, mantiene la cabeza completamente calva y se viste siempre de verde: remera verde y pantalón verde y medias verdes, sin marca, sin logo; a veces usa jeans, a veces un pantalón de jogging de un material semibrilloso y suave.

Una mañana entró al sótano con un pantalón pinzado verde y remera verde de mangas cortas, y le pregunté por qué tanto verde.

Me dijo que era el único color del que no se aburría.

El verde es un color que al rato deja de ser color, me dijo. Un color que suelo evitar en las películas, en el diseño de color de las películas. Suelo evitar los árboles. Cuando se filma en pueblos o ciudades hay que evitar los árboles. Al menos en primavera y verano. Los árboles le otorgan una calidez romántica a las locaciones, una calidez que suele ir en contra del estado emocional de los personajes, que suele ir en contra del estado emocional del mundo, este mundo en el que vivimos. Pero el verde es al mismo tiempo un color que me gusta tener alrededor, en la vida.

Santiago suele narrar en sus películas (en las anteriores a ésta, la que tengo que terminar de escribir en siete días, la que debe cambiar la historia del cine mundial) historias de personajes marginales; personajes que fueron empujados a los márgenes por la sociedad.

Santiago narra la vida de los más necesitados.

Vive en mansiones, y se aloja en hoteles suntuosos, y desde ese palacio construido de casas enormes y suites presidenciales (un palacio desparramado a lo largo de gran parte del planeta) narra la vida de los más necesitados.

Santiago está convencido de que su arte mejora el mundo, imagina que sus películas son parábolas, un adicto a bajar línea.

* * *

Siento cada vez con más fuerza (a cada hora me convenzo más de) que la única manera de terminar este tercer guión es empezándolo de cero.

El dolor en la parte derecha del vientre crece en intensidad a medida que me convenzo más y más de que la única manera de terminar este tercer guión es empezándolo de cero.

Es imposible escribir en una semana el guión entero de una película que debe cambiar la historia del cine mundial, y sin embargo es la única manera de escribirlo.

Santiago no va a soportar descubrir que su guión cambió del todo.

A no ser que el nuevo guión sea impactantemente bueno.

Es imposible escribir un guión impactantemente bueno en siete días.

Durante sus primeros años como Beatles, Lennon y McCartney componían una canción por día; Harrison y Ringo llegaban al estudio sin conocer esas canciones, tenían que improvisar los arreglos al mismo tiempo que las iban grabando, y lo llevaban a cabo con desfachatez y alegría.

Si yo tuviese algo de la desfachatez y alegría que Harrison tenía en 1964, quizá sería capaz de escribir este guión en siete días.

No, el problema no es no tener desfachatez, o desfachatez y alegría, el problema es no tener genio.

Hay que ser un genio para componer un álbum del nivel de *A Hard Day's Night* en una semana.

Hay que ser un genio para escribir un guión que cambie la historia del cine mundial en una semana.

Y yo no soy un genio, eso está más que claro.

Tengo un poco de talento, y la capacidad de trabajar muchas horas, y en esas horas llevar a cabo la parte más desagradable de escribir, es decir, la estructuración, el aristotelamiento de la historia.

Cubro con horas de trabajo mis limitaciones.

Y como dije antes, en lo que se refiere a escribir, Santiago tampoco es un genio.

Ni siquiera tiene talento.

Ni siquiera tiene la capacidad de trabajar horas y horas en las escenas, porque se distrae con facilidad, el cuerpo le pide moverse, el cuerpo y la mente, le piden que salga del sótano y se ponga a dirigir.

El Santiago escritor es un chico con un leve (o no tan leve) retraso mental.

No, ni siquiera, porque un chico con un leve (o no tan leve) retraso mental al menos tiene inocencia, y la inocencia puede ser una gran ventaja a la hora de escribir.

Santiago es un chico con un leve (o no tan leve) retraso mental convencido de que es un gran escritor.

Un chico con un leve (o no tan leve) retraso mental que camina por el mundo con la autoimportancia de Henry James.

* * *

Yo soy él, como vos sos él, como vos sos yo, y somos todos juntos. Mira cómo corren como cerdos que huyen de un arma. Mira cómo vuelan. Estoy llorando. Sentado en un copo de maíz esperando que llegue la van. Remera corporativa, estúpido martes sangriento, has sido un nene degenerado, dejaste que el rostro se te alargara. Soy el hombre-huevo, ellos son el hombre-huevo, soy la morsa, gu gu gjub.

Meryl Streep en un cuarto verde, cubierta por una sotana verde, mirando a cámara y recitando la letra de «Soy la morsa» una y otra vez, por noventa minutos.

Andy Warhol pudo haber hecho esa película, y lo habrían llamado genio.

Hoy en día, en Hollywood, si alguien intenta hacer una película así, si presenta la propuesta de hacer una película donde Meryl Streep, en un cuarto verde, cubierta por una sotana verde, mira a cámara y recita la letra de «Soy la morsa» una y otra vez por noventa minutos, lo más probable es que le pidan que por favor salga y cierre la puerta.

El sistema que rige a Hollywood juega en contra del arte en el cine.

«Arte» es sinónimo de «incomprensión», que a su vez es sinónimo de «fracaso», que a su vez es sinónimo de «pocas entradas vendidas».

Este guión que debo terminar en los próximos siete días, o reescribir por completo, tiene que ser un guión que Hollywood acepte con los brazos abiertos.

Tiene que ser un oxímoron: una obra de arte que Hollywood acepte con los brazos abiertos.

No creo que Santiago sepa qué es un oxímoron.

* * *

Cinco días.
No, cuatro días y veintidós horas.
No sé cuántos minutos.

No importan los minutos.

Los minutos no cuentan al escribir.

Días y horas.

Norma me trajo una milanesa de lomo con puré de papa cubierto de salsa verde mexicana.

Pensé en decirle algo del dolor en la parte derecha del vientre.

No, el dolor no existe.

Un dolor que se va y viene no existe.

Un dolor en serio no se va nunca.

La sensación de que algo se está pudriendo adentro mío.

El guión.

El guión se pudre adentro mío.

El guión que debería estar escribiendo, que debería estar plasmando en forma de escenas en el archivo de Final Draft.

Un guión que es un nene con una enfermedad autodegenerativa a quien por alguna razón dejaron de medicar.

Un nene enfermo abandonado a la deriva.

¿Puede alguien morir de guión podrido?

Una pena, se le pudrió el guión adentro. No se hizo ver a tiempo y...

* * *

Acabo de cometer una locura.

Me desperté con ganas de escribir.

Meses que no me pasaba.

Con el café, leí el primer acto y lo que tenemos del segundo de este tercer guión, el que debe cambiar la historia del cine mundial.

Me bajé un Red Bull.

Piqué tres cuadraditos de manzana.

Volví a leer el primer acto y lo que tenemos del segundo.

Cerré el archivo del guión.

Cerré los ojos.

Los abrí.

Los volví a cerrar.

Los abrí.

Piqué dos cuadraditos de melón.

Tiré el archivo del guión a la papelera.

Cerré los ojos.

Los abrí.

Me bajé otro Red Bull de un trago.

El corazón al mango.

Pocas veces en la vida sentí tanta excitación.

El dolor en la parte derecha del vientre venía y se me iba; venía, unos segundos, se me iba, volvía, unos segundos, se me iba, y...

Vaciar la papelera.

Letras del tamaño del sótano.

No, de San Martín de los Andes.

Letras del tamaño de Neuquén.

Cerré los ojos.

Los abrí.

Un cuadradito de ananá.

Los cerré.

Los abrí.

Vacié la papelera.

Estuve un rato largo tratando de averiguar si es posible recuperar archivos que fueron arrojados a una papelera que luego fue vaciada.

No.

Al menos no encuentro la forma de hacerlo, y sin internet no puedo googlearlo.

Podría pedirle a Norma que le pida a Santiago que lo googlee.

No quiero pensar en Santiago, acabo de traicionarlo, acabo de eliminar meses de trabajo, acabo de eliminar tres cuartos de un guión que pudo haber cambiado la historia del cine mundial.

Como dijo Santiago: ¿Quién soy para juzgar lo que puede o no puede cambiar la historia del cine mundial?

Él es el que ganó los premios.

Él es el que supo convertirse en el más grande director de cine latinoamericano de todos los tiempos.

¿Quién soy para tomar semejante decisión?

Ya está, ya la tomé.

El guión no existe.

Es decir, existe parte del guión en el disco rígido externo y en las escenas impresas que Santiago aún no cortó en pedacitos, algo que suele hacer luego de que pasamos las notas hechas a mano en los márgenes de las hojas A4 al archivo de Final Draft.

Me molesta saber que esa versión vieja existe en el disco rígido externo, y seguro que Santiago también la descargó en su computadora, existe en el disco rígido externo y en la computadora de Santiago, o sólo en la computadora de Santiago, es probable que haya usado el disco rígido externo para guardar otras cosas, no sé qué, no importa qué, sólo importa saber que en esa versión vieja no hay ni mitad de guión, cincuenta y pico páginas que tengo que olvidar.

Todo tengo que olvidarlo.

Todo lo concerniente a este tercer guión.

Los actos y escenas y personajes con sus *backstories* y los cuadros aristotélicos.

Tengo que olvidarlo y destruirlo.

Destruir el olvido.

Fracasar de la forma más terrorífica.

Fracasar y aceptar el fracaso y temblar de miedo hasta encontrar la puerta cerrada no del todo que me permite volver a empezar.

Que Santiago venga el lunes y vea el fracaso y me mate de un tiro entre los ojos.

Chau al terror.

Chau al dolor en la parte derecha del vientre.

Van a pertenecer a otro.

A un yo que ya no importa.

Un yo desaparecido, muerto, acabado; es decir, mi verdadero yo.

Un yo que es el *yo* que debería ser.

Ya.

Empezar a ser el *yo* que hace cinco años soy aunque no quiera darme cuenta.

* * *

Fue un error.

Eliminar el archivo con el primer acto y lo que teníamos del segundo no sirvió para nada.

Quedan tres días y no escribí ni un encabezamiento.

Scene Heading

INT. SÓTANO – DÍA

Ni siquiera junté el ánimo para abrir un archivo nuevo.

Me la pasé tirado en el colchón, panza arriba, midiendo con el reloj de la laptop los minutos que dura el sol en el rectángulo.

Qué fácil es perder el tiempo.

Si a uno le pagaran por no hacer nada…

A los actores de cine les pagan fortunas por en gran parte no hacer nada.

El noventa por ciento de la jornada laboral la pasan no actuando.

Se levantan temprano, eso sí.

Un auto los busca en el hotel, o departamento alquilado, o sus casas si tienen la suerte de filmar en la ciudad en la que viven, y los lleva al set o locación; una, dos o tres horas de maquillaje; toman café mientras el equipo técnico ilumina la escena; viven en el *trailer*, boludeando con el sinfín de boludeces tecnológicas que seguramente les regalaron (los actores de cine suelen cobrar cachés altísimos y nunca pagan nada, les invitan todo), como mucho memorizando las líneas de diálogo de la escena que tienen que actuar ese día, lo que no suele ser más de tres páginas.

Si pagaran por no hacer nada, mi vieja y yo hubiéramos sido millonarios.

* * *

INT. SÓTANO – NOCHE
Madrugada.
Mi vieja debe estar roncando en paz.
¿Tomará pastillas para dormir?
¿Habrá recuperado la calma tras mi desaparición?
¿Habrá perdido la calma tras mi desaparición?
Mi vieja ronca de una manera que no molesta; incluso me ayudaba a dormir su ronquido, me relajaba, me entorpecía los pensamientos.
Es imposible dormir una mente llena de pensamientos.
¿Ronca o roncaba?
Si mi vieja murió, entonces el disparo entre los ojos me va a llevar a ella.
¿Adónde?
No hay nada después de esto.
Es ridículo que haya algo.

Esto es todo lo que hay: el sótano, el guión no escrito.

Santiago va a sufrir un derrame cuando descubra que tiré el guión a la papelera y vacié la papelera.

Tal vez él sepa cómo recuperar archivos que fueron tirados a una papelera que luego fue vaciada.

No, lo mejor es no recuperarlo; empezar de cero.

Tres días.

Un acto por día.

Escribir el guión de un largometraje como Kerouac escribió su *En el camino*: un chorro sin punto y aparte.

Que la mujer que tradujo a Bolaño se ocupe de ordenar el texto.

Encabezamiento, acción, personaje, paréntesis, diálogo, transición, encabezamiento, acción, personaje, paréntesis…

En el camino es una novela sobrevalorada.

Aunque nunca leí el rollo original.

Quizá los editores se la arruinaron.

En Estados Unidos los escritores colaboran mucho con los editores; mucho más que en otros países.

No sé lo que digo.

No digo, *escribo*.

No sé lo que escribo.

Nadie sabe lo que escribo.

Este archivo encriptado nunca va a ser editado por un editor literario.

Punto y aparte.

Me parece que el punto y aparte es necesario, ayuda a que los ojos y la mente no sigan de largo.

La mente se cansa de seguir de largo.

La mente se cansa de escribir boludeces en este archivo encriptado, cuando lo que tendría que hacer es escribir el guión.

La mente se cansa de hacer lo que no tiene que hacer cuando sabe que lo que tiene que hacer es otra cosa.

Abrir un archivo nuevo de Final Draft y:

EXT. WASHINGTON SQUARE – DÍA

day.

Una palabra menos para traducir.

El acento en mayúscula queda ridículo, antinatural.

dia.

No, se lee: diá.

Voy a pedirle a Norma que le pida a Santiago que me compre novelas de Don DeLillo.

DeLillo escribe las mejores oraciones de la literatura mundial.

DeLillo empezó a escribir de grande, como yo; incluso él era más grande cuando empezó, cerca de los treinta; dijo que se dio cuenta de que podía escribir (de que escribir era una disciplina a la que podía dedicarse) cuando iba por la mitad de su primera novela.

¿Me acabo de comparar con DeLillo?

Santiago tiene razón: nunca debería haber empezado a escribir.

Es todo culpa de mi vieja.

¿Para qué una PC?

Podría haber diseñado su página web y chequeado sus mails en un locutorio.

No había lugar en el departamento para una PC.

Una máquina que, si no hubiera sido por mi obsesión de escribir un cuento por día, habría pasado la mayor parte del tiempo dormida, al pedo, ocupando lugar en una cocina que apenas nos dejaba espacio para movernos entre la mesa, la mesada, el horno y la heladera.

¿Habrá intuido mi vieja cuando le propuse que comprásemos la PC que yo terminaría usándola para algo más útil que la música?

Cualquier cosa en lugar de la música.

La imposibilidad de movernos cómodamente por la cocina en lugar de la música.

* * *

Acabo de aprender una versión más que respetable de «Happiness Is a Warm Gun».

La felicidad es un arma caliente.

La felicidad es el revólver de Santiago con una sola bala que me arranque de este sótano para siempre.

No, que me arranque de la responsabilidad de escribir el guión, el puto guión que debe cambiar la historia del cine mundial.

¿A quién le importa la historia del cine mundial?

¿Cuántos boludos estudian historia del cine por año en el mundo?

Cambiar la historia del cine mundial hoy en día no significa nada para el mundo.

El arte ya no modifica el mundo como lo hacía antes, como lo hizo Joyce con su *Ulises*, o Beckett con su trilogía que no es una trilogía.

La historia del cine mundial de las últimas dos décadas es un breve epílogo en los libros de historia del cine.

Las últimas dos décadas ocupan no más de cinco páginas, sin fotos, sin notas al pie.

* * *

Locro otra vez.

Santiago debe imaginar que cuando me lleno de gases escribo mejor, que floto por el sótano con la laptop colgada del cuello.

Pero sólo los pedos flotan, intentan escapar, saben lo que viene dentro de poco…

Es imposible escribir un guión en dos días y algo.

Mejor no tocar el locro.

Tengo que comprobar que el dolor en la parte derecha del vientre no está hecho de gases.

Ayunas.

No voy a comer nada hasta el lunes, cuando Santiago baje con su silla y el platito con fruta.

Tiré el locro al inodoro y tiré la cadena.

Tiré los Red Bulls al inodoro y tiré la cadena.

Hasta el lunes sólo agua mineral.

Hoy es viernes, ya casi sábado.

* * *

INT. BAÑO – SÓTANO – NOCHE

Me di una ducha sentado en el inodoro.

De tenerlas, me hubiera secado con las *Obras completas* de Borges.

¿Habrá encargado el tomo tres a Librería Norte?

Lo más probable es que el lunes baje con los cuatro tomos y la silla y el platito con fruta y la taza de café y el revólver cargado con seis balas.

O que no baje nunca más.

Tal vez Santiago me echó, pero no quiso pasar por el momento incómodo de echarme, y entonces me va a tener acá encerrado mientras él trabaja con otro guionista.

Norma pone gotas de veneno en el locro, y en los Red Bulls.

Un veneno que debería matarme lentamente, sin que me dé cuenta.

Tal vez el dolor en la parte derecha del vientre…

El dolor empezó antes de que le pidiera a Santiago que me dejase solo.

No estoy seguro de que haya empezado antes.

Sí, empezó antes.

No hay otro guionista.

Santiago no tiene tiempo de retomar el guión con otro guionista, menos que menos con su versión de cincuenta y pico páginas.

No estoy seguro de que Santiago no tenga la versión más reciente.

Es probable que la haya quitado inalámbricamente de esta laptop.

Es probable que Santiago pueda meterse inalámbricamente en mi cerebro.

Mi cerebro no, mi mente.

Tal vez estuvo sacando las escenas que faltan de mi mente sin que me diera cuenta.

Por eso no las encuentro.

Como en la película de Cronenberg: *Scanners.*

Santiago no soporta a Cronenberg; casi se muere cuando supo que había ganado el Premio Especial del Jurado en Cannes con *Crash*.

Telépatas.

Mentes destructoras.

En los países de habla hispana destruyen los títulos en inglés.

Si mal no recuerdo, *Crash* en México se llamó *Extraños placeres*.

Dead Ringers: Pacto de amor, Inseparables, Mortalmente parecidos, Gemelos de la muerte.

No sé por qué recuerdo semejantes pelotudeces.

Santiago suele ponerles a sus películas títulos que luego no es necesario traducir.

Una sola palabra de uso universal.

Dos días.

Menos de dos días.

No escribí ni una didascalia.

El dolor en la parte derecha del vientre llegó ayer a la madrugada para quedarse.

Me acabo de mandar una cagada.

Norma golpeó la puerta, esperó que yo la golpeara de mi lado, la abrió, entró con la bandeja del desayuno, se agachó para dejarla en el suelo, le pedí que por favor me la acercara al colchón, le dije que estaba cansado, que había escrito toda la noche y no podía moverme, y lamentablemente me hizo caso.

Vino hasta el colchón con la bandeja: huevos revueltos y un chorizo tapado con salsa verde mexicana, botella de agua mineral, taza de café, platito con fruta, dos Red Bulls.

Se agachó a dejarla junto a la almohada, y en un movimiento rápido le agarré una teta.

Apreté, no tan fuerte.

Norma tardó en reaccionar.

Empuñó el revólver, pero no me apuntó.

La teta no se sentía como una teta.

Un globo lleno de agua que hace años se viene desinflando.

Una bolsa testicular sin testículos, rellena de agua y arena… no, leche y arena… leche entera.

En sus ojos: sorpresa.

Una sorpresa que no duró ni cinco segundos, enseguida reemplazada por una calma impostada, una calma llena de odio, un mar de calma que vibraba por las ondas expansivas de un maremoto de odio.

Intentó alejar mi mano de su teta.

No pudo.

Le pregunté si quería acostarse conmigo.

Un rato, le dije.

Se alejó un paso, mis dedos agarrados a la teta.

Me pegó con la culata del arma en la muñeca.

No me dolió.

El dolor en la parte derecha del vientre anula cualquier otro dolor.

Me di cuenta de que se me había puesto dura.

Durísima.

Pensé en bajarme el pantalón de jogging y mostrársela.

Me apuntó a la cara.

No la solté.

El rectángulo más negro que de costumbre, una ventana negra, marco negro con un vidrio que alguien pintó de negro.

Norma se alejó otro paso y la solté.

Sin moverme del colchón, le pedí que me perdonase.

No me perdonó.

Me seguía apuntando.

Le dije que no quiero desayuno ni Red Bulls, que se lleve todo, todo menos el agua mineral.

Guardó el revólver en el bolsillo de su delantal, levantó la botella de agua mineral y caminó hasta la puerta.

No, le dije, el agua no. Dejame el agua y llevate el desayuno y los Red Bulls.

Destapó la botella y tomó un trago largo.

Luego abrió la puerta y salió, llevándose los últimos centilitros de agua mineral.

Examiné el desayuno en la bandeja.

La taza de café me tentaba: una buena taza de café antes de morir.

Vacié la lata de Red Bull en el inodoro, tiré la cadena y llené la lata con agua de la canilla.

No me gusta tomar agua de la canilla.

* * *

Si un genio borracho y aburrido que se escapó de una lámpara mágica que hace siglos nadie frota apareciera ahora y me concediese el deseo de ser músico, cualquier músico, elegiría ser Prince.

Es decir, insertar logo del Artista Antes Conocido Como Prince.

Prince caga música, transpira música; hasta el cepillo de dientes contra los dientes cuando se los lava tiene ritmo y melodía.

Probablemente el mejor guitarrista de rock, pop, funk y soul de todas las épocas; un guitarrista que intenta imitar con la guitarra las voces de sus cantantes favoritos.

Nunca pude imitar con mis palabras a Peter Shaffer.

Lo intenté.

Muchas veces lo intenté.

Pero por suerte no perdí demasiado tiempo en darme cuenta de que Peter Shaffer juega a otro deporte, o al mismo deporte pero en otra categoría, y que lo mejor es intentar ser un jugador top ten en mi categoría: mediocres menores de treinta cuando empecé; pasables menores de cuarenta cuando escribí el guión del pibe que arroja a su familia en el pozo y los dos primeros guiones de Santiago; buenos pero bloqueados menores de cincuenta ahora en este preciso momento, mientras tipeo estas líneas al pedo en un archivo encriptado al pedo.

¿Cuánto tiempo queda?

Quiero que sea lunes.

Ya.

Que Santiago baje con el revólver.

Ya.

Prince, o El Artista Antes Conocido Como, compuso casi cuarenta discos.

En realidad compuso más de cuarenta (es decir, tiene canciones para mil quinientos discos), pero publicó casi cuarenta, lo que no deja de ser un número monstruoso.

En la Escuela de Música de Buenos Aires tenía un profesor de guitarra que adoraba a Prince, o El Artista Antes Conocido Como, más de lo que adoraba a su hijo de cinco años; se la pasaba hablando de Prince, o El Artista Antes Conocido Como, todo el tiempo de Prince, o El Artista Antes Conocido Como, todo lo comparaba con Prince, o El Artista Antes Conocido Como, y todo perdía con Prince, o El Artista Antes Conocido Como.

Había intentado, desde los nueve años, tocar la guitarra como Prince, o El Artista Antes Conocido Como, y a los veinticinco había entendido que era imposible, aunque practicase ocho horas por día (lo que hacía, de lunes a domingo), tocar la guitarra como Prince, o El Artista Antes Conocido Como, y había aceptado su realidad de profesor de la Escuela de Música de Buenos Aires.

No recuerdo su nombre.

Soy muy malo con los nombres.

Siempre fui malo con los nombres.

Me presentaban a alguien, y lo/la saludaba, y le decía unas palabras, y el nombre ya se me había borrado de la mente; luego me la pasaba buscando maneras sutiles de forzarlo/la a pronunciar su nombre otra vez.

Eso sí, no me olvido una cara; ni siquiera las que me gustaría olvidar.

Recuerdo con detalles las caras de todas las mujeres que salieron conmigo y que por diversas razones decidieron dejar de salir conmigo, y las caras de todas las mujeres que salieron conmigo y por diversas razones decidí dejar de salir con ellas.

Recuerdo las caras con detalles de todos mis compañeros de primaria, secundaria y la Escuela de Música de Buenos Aires.

También de los profesores, los que me querían y los que no; aunque la mayoría me quería, no porque fuera buen estudiante (aunque sí era buen estudiante), sino porque no solía romper mucho las pelotas.

* * *

Flexiones de brazos hasta el agotamiento.

El dolor en los tríceps fue la excusa para no escribir.

Tampoco pude masturbarme.

Apenas pude levantar la lata de Red Bull y tomar un traguito de agua.

Ahora que los brazos dejaron de dolerme un poco, en lugar de escribir el guión que debe cambiar la historia del cine mundial, escribo esto en el archivo encriptado sabiendo que en un día y medio se acaba la joda.

De repente este archivo brilla con la importancia de un último testamento.

Mis palabras finales.

No debería haber hecho flexiones de brazos hasta el agotamiento, tipear es una tortura.

Exagero.

Que te arranquen uñas con una tenaza es una tortura.

Tipear es molesto; cada vez que golpeo una tecla siento una leve puntada en el antebrazo y el tríceps.

Si me hubiese puesto las pilas, en estos cinco años en el sótano podría haber desarrollado todos y cada uno de mis músculos, sin pesas, usando sólo el peso de mi cuerpo.

Podría haberle pedido a Santiago que me bajara en el disco rígido externo videos con ejercicios para trabajar distintos músculos, y también para elongarlos, porque de no elongarlos me hubiese quedado duro como un viejo con esclerosis múltiple.

Es imposible tocar el ukelele con los brazos cansados.

No imposible, pero cuesta.

Hace un rato pensé en usar el GarageBand para grabar una versión cantada de este archivo encriptado.

Le voy a pedir a Santiago que se siente en su silla y escuche el archivo entero, versión ukelele y voz, antes del disparo entre los ojos.

No, no voy a grabar nada.

Va a terminar siendo una cagada y lo voy a borrar, como debería hacer con este archivo encriptado.

Tirarlo a la papelera y vaciar la papelera.

Abrir un archivo de Word no encriptado y escribirle una carta a mi vieja; pedirle a Santiago que la imprima y se la mande.

A mi vieja no le hubiera gustado que un genio me convirtiese en Prince, habría preferido a Spinetta.

Hubiera sido feliz con Luis Alberto Spinetta de hijo.

Según ella, el único argentino que realmente vale la pena; el único argentino de la historia que valdría la pena clonar.

La utopía de un país poblado sólo por Flacos Spinetta.

La antiutopía de un país poblado sólo por Santiagos Salvatierra.

Y los Salvatierra le declaran la guerra a los Spinetta.

Y los Spinetta no tienen la menor chance de combatir mano a mano con los Salvatierra.

La existencia de dos países poblados únicamente por Santiagos Salvatierra marcaría el comienzo del fin del mundo.

Un mundo que hace rato merece ser partido al medio por un meteorito, esta vez del tamaño mismo de la Tierra.

Dos Tierras chocando una mañana de lunes, dejando sólo polvo, sin música de Spinetta, sin imágenes de Salvatierra.

O que el mismo meteorito que hizo desaparecer a los dinosaurios haga desaparecer a los Santiagos Salvatierra que andan por el mundo convencidos de que todo fue creado sólo para ellos.

Envidio a la gente que anda por la vida como si el mundo hubiera sido creado sólo para ellos.

Los envidio y los detesto.

Y detesto envidiarlos.

Y me detesto por envidiarlos.

Es imposible poseer algo que no somos capaces de abarcar por completo.

En las letras de Spinetta se esconde el secreto de la vida eterna.

Que el disparo entre los ojos me transforme en una letra de Spinetta.

* * *

Durante la escritura de este archivo encriptado aprendí a tipear con los ojos en la pantalla; no miro el teclado, y casi no cometo errores.

Podría trabajar de uno de esos tipeadores que se sientan junto al juez en los juicios y tipean todo lo que se dice.

¿Cómo se llaman esos tipeadores?

¿Se usan esos tipeadores en Argentina?

No sé lo que escribo.

Nunca fui bueno investigando.

Me da fiaca.

Puedo pasarme horas y horas escribiendo, o aristoteleando, pero de investigar me aburro a los pocos minutos.

En los guiones que escribí en casa, en la PC en la cocina, cuando me encontraba frente a la necesidad de investigar algún aspecto de la acción de una escena o de la profesión de uno de los personajes, solía usar el sentido común, el bagaje de información que saqué de años de ver películas y series y leer libros, y escribir lo primero que me venía a la mente.

Luego, cuando internet fue creciendo, googleaba la información específica y la copiaba tal cual.

Plagié a Wikipedia casi tanto como Foster Wallace a DeLillo.

Desde que estoy en el sótano, desde que colaboro con Santiago, tenemos (tiene) un grupo de investigadores que viven no sé dónde y se ocupan de investigar para nosotros.

Nos mandan archivos en inglés y español con la información específica prolijamente ordenada y claramente explicada, y con fotos detalladamente etiquetadas.

Santiago llama a ese grupo de investigadores que viven no sé dónde el Grupo.

«Ahora le pido al Grupo que se fije.»

Investigar es lo peor de escribir guiones.

Investigar es lo peor de escribir cualquier cosa.

En la parte derecha del vientre el dolor empieza a parecerse a un cuchillo.

Un cuchillo desafilado, de punta redondeada, que alguien usa para untarme el apéndice o la vesícula.

Un dolor de esos que dan ganas de apretar.

Me pasé una hora hojeando las revistas: ninguna de esas mujeres se parece a Norma.

Voy a tapar los agujeros del sótano y dejar la ducha abierta.

Le digo a Santiago que hubo una inundación, que se debe haber roto un caño, estaba dormido y no me di cuenta, la laptop arruinada.

Perdimos todo. Todo, Santiago.

Aunque es probable que conozca a alguien capaz de arreglarla, de recuperar la data supuestamente perdida del disco rígido interno.

Va a encontrar mi archivo encriptado, y lo va a desencriptar.

Tengo que desencriptarlo yo; sacarlo de la carpeta Utilities, en Applications, y acomodarlo en el centro del Desktop.

Este archivo encriptado es mi testamento.

Que Santiago lo lea luego de matarme y decida qué hacer con él.

Ojalá lo imprima y se lo mande a mi vieja.

Ojalá llegue a leer estas últimas líneas y lo imprima y se lo mande a mi vieja.

Archivo de Word no encriptado

Piedras en la vesícula.

Piedritas.

Ideales para jugar a la payana, o tinenti; un juego originalmente llamado *kapichua* que jugaban los tobas y wichís con carozos o semillas; un juego que les permitía desarrollar destrezas manuales y aprender a contar.

No sé de dónde saqué esa información.

En los parlantes del colectivo suena Prince, o El Artista Antes Conocido Como: «Starfish and Coffee».

Escribo esto en un archivo de Word no encriptado en la Mac-Book Pro de quince pulgadas.

Me la robé de la casa de Santiago, de su estudio en el segundo piso con una vista hecha de árboles y cielo.

También me robé el cuaderno tachado, *mi* cuaderno tachado, que Santiago había guardado en su biblioteca entre el tomo uno y dos de las *Obras completas* de Borges.

Me quedan unas veinte horas de viaje, asiento semicama.

Noté que los tachones del cuaderno no son tan rigurosos como creía, con paciencia se puede leer lo que escribí debajo.

Sentí miedo al comprobar que se puede leer lo que escribí debajo.

Acá en el colectivo no puedo leer porque me mareo.

Puedo escribir, pero no leer lo que escribo.

Nunca supe qué es lo que no me permite leer en autos y colectivos.

¿Un problema en la vista?

¿En el cerebro?

¿En el estómago?

Una página es suficiente para mandarme al bañito del colectivo a vomitar.

Una bandeja con dos sándwiches de miga, un brownie aplastado, queso mantecoso y dulce de batata; un jugo Cepita de naranja; botella de agua mineral Villa del Sur.

El colectivo viaja lleno.

La persona delante de mí reclinó su asiento al máximo y apenas me deja abrir la pantalla de la laptop.

Cuando giro la cabeza a la izquierda, el paisaje intenta convencerme de que estamos en los Alpes suizos.

Sé que a medida que nos acerquemos a Buenos Aires el paisaje se va a ir cayendo a pedazos, es decir, aplanando, deprimiendo, hasta el punto de que va a ser mejor ni mirarlo de reojo.

* * *

Me arrodillé junto al cuerpo de Santiago y le busqué el pulso en el cuello y las muñecas, evitando mirarle la cabeza explotada.

No pude evitarlo: el agujero viscoso en el cráneo, las manchas de seso en el suelo de cemento alisado y las paredes.

Muerto.

Sin pulso.

Sin imágenes.

El agua mineral sin gas está tibia, casi caliente; las deben haber dejado al sol, sin querer, antes de subirlas al colectivo.

Los sándwiches de miga son comibles: jamón cocido, queso y manteca; muy poca manteca.

Al menos no pican como el locro de Norma.

Como todos los platos de Norma.

Chile poblano y cilantro.

Nunca en lo que me queda de vida, si es que alguna vida me queda, voy a volver a comer comida mexicana.

Me afeité con la Gillette de Santiago: me corté la barba con una tijera y luego me afeité.

Norma no dijo ni mu.

Compré el pasaje usando el nombre Santiago Salvatierra; tengo su cédula de identidad y una tarjeta de crédito.

Temía que al decir mi nombre sonaran las alarmas.

¿Qué alarmas?

Mi nombre ya debe haber sido borrado de los registros.

Mi nombre sólo existe en mi vieja, si es que mi vieja existe.

Existe en Lisandro, si es que Lisandro existe.

Tal vez exista en Anita, si es que Anita existe.

No creo que exista en Norma, aunque Norma sí que existe, la dejé en la casa, sentada en la silla que Santiago solía bajar al sótano, en la cocina, frotándose los muslos como si tuviera mucho frío.

Le pregunté qué iba a hacer.

No me contestó.

Pensé en pedirle perdón por haberle faltado el respeto esos últimos meses, los meses que Santiago pasó preproduciendo nuestra tercera película, la que debía cambiar la historia del cine mundial, y luego filmándola, y posproduciéndola, y promocionándola.

* * *

Santiago bajó el lunes a la mañana como había prometido, con su silla, la taza de café y el platito con fruta.

Apoyó la silla contra la pared, bajo el rectángulo de luz, y examinó el sótano.

Luego vino hacia donde yo estaba, sentado en el colchón, con la laptop en los muslos, los auriculares Bose puestos (un *shuffle* de la discografía completa de los Beatles a todo volumen), dejó la taza de café y el platito con fruta en el suelo y dijo algo que no entendí.

Una chica en el asiento de atrás golpea el vidrio de su ventana con una uña.

No sé si las ventanas del colectivo están hechas de vidrio.

Vidrio plastificado.

Plástico vidrioso.

Creo que voy a cerrar la laptop y continuar escribiendo en el cuaderno tachado.

Un cuarto de cuaderno limpio, hojas perfectamente rayadas, a la espera.

¿Lo habrá leído Santiago?

No tengo birome.

Pido una prestada.

¿Qué voy a hacer al llegar a Buenos Aires?

Voy a tocar el portero, y mi vieja me va a abrir la puerta de calle, y me va a dar un abrazo largo, y vamos a subir en el ascensor al cuarto piso y recorrer el pasillo hasta el departamento B, y abrir la puerta, y entrar, y sentarnos a la mesa de la cocina con un mate

162

que vamos a compartir, en silencio, y al rato le voy a dar un beso en la frente, y me va a cebar otro mate, y nos vamos a tirar en la cama a ver la película que debía cambiar la historia del cine mundial, una copia pirata que voy a comprar en Retiro.

Quiero darme vuelta y ver a la chica.

Subió al colectivo después que yo, no pude verla, obsesionado en convencerme de que es imposible leer tras los tachones.

No me convencí.

Supongo que en la luz berreta del sótano los tachones parecían más rigurosos.

F. Murray Abraham es una persona despreciable.

Voy a levantarme para ir al baño y así disimuladamente mirar a la chica.

Odio los baños en colectivos, aún más que los baños en aviones, y eso que uno de esos baños en aviones mató a mi viejo, lo desnucó.

Me quedo sentado, tipeando esto en la laptop.

Un archivo no encriptado, en el Desktop, que titulé Viaje.

El archivo encriptado sigue en su lugar, en la carpeta Utilities, en Applications.

No sé si Santiago lo leyó.

No encontré cambios en el texto.

La última oración (*Ojalá llegue a leer estas últimas líneas y lo imprima y se lo mande a mi vieja*) sigue siendo la última: lo último que escribí en el archivo encriptado antes del frenesí.

Me cuesta tipear mirando solamente la pantalla.

El colectivo se sacude como la mierda.

Tipeo mirando el teclado, y luego le echo un vistazo a lo que escribí, y lo corrijo rápidamente.

Si me detengo a leer con cuidado lo que escribí, me mareo.

Y si me dan náuseas, no voy a poder seguir escribiendo.

Y si no escribo, entonces no tengo nada para hacer.

Escuchar a los Beatles, otra vez a los Beatles, sin auriculares, forzar al resto de los pasajeros a escucharlos conmigo.

Tendría que haber traído el ukelele de Santaolalla.

Ukulele.

Digamos que no pensé con mucha claridad los minutos posteriores a la muerte de Santiago.

* * *

Me pregunto ahora, mientras oigo la uña de la chica contra el vidrio plastificado o plástico vidrioso de su ventana, si Norma tendrá familia.

¿Por qué acepta una persona irse de su país para vivir de mucama en la casa de un loco egomaníaco en el culo del mundo?

¿Santiago le pagaba un sueldo que Norma le mandaba a su familia en México?

¿Por qué Norma me dejó ir?

¿Cómo se puede vivir tan lejos de las personas que uno más quiere, juntando plata para mandarles; es decir, cuidar a las personas que uno más quiere pero sin tenerlas cerca, sin verlas siquiera?

Ojalá en el testamento de Santiago diga que le deja todo lo que tiene (tenía) a Norma; no al imbécil de su hijo, Hilario, sino a la sacrificada mucama mexicana que sembró hemorroides en mi culo y las fue regando día a día con sus pócimas del demonio.

* * *

Acabamos de parar en una Shell con minimercado.

Usé la tarjeta de Santiago para comprar una bolsa de papas fritas Lays, tres Rhodesias, un alfajor Cachafaz de chocolate, una

Sprite de litro y medio, dos chupetines Pico Dulce, un buzo de River Plate XL que espero me ayude a no tiritar tanto cada vez que suben el aire acondicionado.

Tendría que haber prendido fuego el sótano, con Santiago adentro, eliminar toda prueba.

Convertirme en Santiago.

Afeitarme la cabeza entera.

No, dejarme crecer el pelo y la barba hasta que me cubran.

Anteojos negros.

Aprender inglés, y al llegar a Los Ángeles decir que me hice un tratamiento capilar, que sentí la necesidad de cambiar algo en mí tras mi última película.

No puedo ser Santiago.

¿Voy a extrañar sus noches escépticas?

¿Voy a extrañar el sótano?

¿Voy a extrañar el sótano más de lo que extraño a mi viejo?

¿Qué estoy diciendo?

Diciendo no, *escribiendo*.

Voy a extrañar mi vida en el sótano, porque es probable que haya sido la única vida que…

Tendría que haberme quedado, morir de inanición junto al cuerpo de Santiago.

Sangre coagulada.

Morcilla de Santiago con chile poblano y cilantro.

* * *

La primera semana en el sótano sin la laptop fue interminable.

Me la pasé tocando el ukelele: un set de veinticinco canciones de los Beatles y «Plegaria para un niño dormido».

Cantaba a los gritos.

Es decir, gritaba.

Golpeaba las cuerdas con furia.

Se me rompió la cuarta.

Sol alta.

Aprendí a tocar con tres.

El ukelele es un instrumento del cual es difícil no enamorarse.

Cada vez que Norma entraba con la comida, temía que me lo quitara, que me pasase el teléfono con la voz de Santiago y:

Santaolalla necesita su ukelele.

Pero Norma nunca me pasó ningún teléfono.

El ukelele fue mi único compañero los casi dos años que Santiago tardó en preproducir, filmar, posproducir y promocionar la película que debía cambiar la historia del cine mundial.

El ukelele y las revistas.

Y la heladera bajo mesada con mis botellas de agua mineral y la fruta que no había comido en el desayuno.

Y el colchón.

Me apena pensar en el colchón: pobre colchón vencido, hermano de guerra.

Cuando se venció empecé a dormir mejor, casi tan bueno como dormir en el piso.

Tres noches de cemento alisado y chau dolores de espalda.

No pude encontrar los auriculares Bose en el estudio de Santiago.

Compré unos baratos en el minimercado de la Shell, los únicos que tenían, marca Califone.

Suenan como el culo, pero suenan.

Un poco mejor que *como el culo*.

Lennon canta «Come Together».

George Martin y sus auriculares Califone: se tiraría de la Torre de Londres.

Podría viajar a Inglaterra, conocer Liverpool, la Caverna, Londres, los estudios Abbey Road, caminar por la calle Abbey escuchando a los Beatles, sólo a los Beatles, siempre a los Beatles, en mis auriculares Califone.

El aire acondicionado del colectivo va a terminar resfriándome.

Tendría que haber comprado dos buzos de River, uno para usar de bufanda.

En el sótano no había aire acondicionado.

En verano, el cuboide de aire viciado se transformaba en un sauna.

Andaba todo el día desnudo, excepto cuando Santiago bajaba con su silla, la taza de café, el platito con fruta y las escenas impresas con sus notas.

Al principio también me vestía cuando Norma traía la comida o entraba a limpiar, pero luego ya no, me quedaba desnudo, en calzoncillos por lo común, viendo cómo Norma apoyaba la bolsa de ropa limpia junto a la puerta del baño y se llevaba la de ropa sucia.

En verano, además de su silla, la taza de café, el platito con fruta y las escenas impresas con sus notas, Santiago, a veces, los días de calor más agobiante, bajaba con un aire acondicionado portátil marca Daitsu.

Una mañana le pregunté si me prestaba el aire acondicionado unos días, pero me dijo que no.

Gasta demasiada electricidad, dijo. Una locura la electricidad que consumen estos aparatos. Y acá en San Martín la instalación eléctrica es un desastre. Hay que tener cuidado, no abusar. Yo también me cago de calor arriba, pero mejor eso que quedarnos a oscuras.

No es fácil vivir tres meses con los huevos constantemente transpirados.

Solía tocármelos sin querer, y después, cuando inconscientemente me acercaba la mano a la cara, el olor me rompía la nariz.

* * *

Desmond tiene un puesto en el mercado, Molly es la cantante de un
grupo. Desmond le dice a Molly: Nena, me gusta tu cara, y Molly le
dice tomándolo de la mano: Obladi oblada, la vida continúa. La-
lalalavida continúa.

Suerte que los Beatles no nacieron en España, o Latinoamérica.

Para que las letras de canciones funcionen en español tienen
que ser semincomprensibles como las de Spinetta.

Por tu living o fuera de allí no estás, pero hay otro que está, y no
soy yo, yo sólo te hablo desde aquí. Él debe ser la música que nunca
hiciste.

Me gustaría tener discos de Spinetta en la laptop.

Giro y le pregunto a la chica, o a cualquiera de los pasajeros.

Alguien debe tener un disco de Spinetta, al menos una canción.

También necesito un pendrive.

Santiago sonrió con toda la cara cuando le pasé la laptop y leyó
THE END al final del archivo de Final Draft.

Ni idea tenía de lo que había antes.

Ni siquiera *yo* tenía idea.

Aunque lo presentía: lo mejor que escribí.

Busqué el archivo del guión, el que debía cambiar la historia
del cine mundial, en la laptop, y no lo encontré.

Santiago lo borró.

Borró todo, excepto el archivo encriptado y los discos de los
Beatles.

Me olvidé el vinilo de *Band on the Run* autografiado por
McCartney.

Podría haberle robado el de *Abbey Road* del estudio en el segundo piso.

¿Lo vi?

No lo vi.

El Paul McCartney de ahora no es el de antes.

¿El Paul McCartney de ahora *es*?

Cuando se murió John Lennon, Paul McCartney dejó de existir.

Cuando se murió Santiago Salvatierra, Pablo Betances dejó de existir.

Fui a ver a McCartney a River con mi vieja (¿hace cuánto?) y nos aburrimos horrores; una banda de ancianos millonarios tan alejados de Abbey Road como nosotros: los muertos de hambre en el pasto.

Mi viejo era fanático del Cuarteto Cedrón; no sé si *fanático*, pero lo escuchaba seguido, en especial el disco con poemas de Raúl González Tuñón.

Extraño a mi viejo.

No puedo recordar su cara, pero lo extraño.

Recuerdo la cara de Spinetta, pero no la de mi viejo.

Spinetta y los Socios del Desierto.

Mi viejo con la cara de Spinetta.

Nunca usó anteojos negros.

Me vendrían bien unos anteojos negros: el de adelante tiene la cortina de su ventana corrida y el sol me da en la cara.

Giro y le pido a la chica de atrás que me preste sus anteojos negros.

No sé si tiene anteojos negros.

No sé si tiene ojos.

Norma sentada en la cocina, en la silla de Santiago, sí tenía ojos.

Ojos viejos.

Le hablé, le dije cosas, pero no me contestó.

Le pregunté si ella tenía adónde ir.

No me contestó.

Se había quitado el delantal.

Me parece.

No, estoy seguro.

Un vestido floreado.

Un vestido hecho con la tela de una cortina barata.

Me puse unas zapatillas Nike de Santiago que encontré en un armario bajo la escalera.

Me quedan chicas.

No termino de entender por qué la necesidad de escribir esto.

Sí la entendía en el sótano (creo que la entendía), pero no ahora, en el colectivo, ya libre.

¿Libre?

¿Alguna parte de mí imagina que esto es publicable?

¿Es ésta la manera que estoy eligiendo de volver a la vida: convertirme en un cuaderno tachado, existir en el futuro cercano como un archivo encriptado que por esas cosas de la vida publicó alguna editorial?

¿Es real la esperanza de convertirme en un libro publicado?

No.

Escribo porque es lo único que sé hacer.

La única manera de existir cuando no se existe.

Cuando dejo de tipear en esta laptop, no soy nada.

Voy a escribir en la laptop y en el cuaderno al mismo tiempo.

Primero en el cuaderno, luego lo paso a la laptop, y mientras lo paso, corrijo.

No, para pasar del cuaderno a la laptop tengo que leer, y no puedo leer.

Mejor seguir así, tipeando como un chimpancé aburrido (aburrido no, *desesperado*) al que alguien por alguna razón enseñó a tipear.

* * *

Cometí un error.

Un error imperdonable.

No debería haberme robado la tarjeta de crédito de Santiago.

Cuando la policía investigue su muerte, va a dar con los gastos en la empresa de colectivos y el minimercado.

Pero ¿cómo van a saber que fui yo?

¿Qué voy a decir cuando vuelva a la vida?

¿La verdad?

Nadie me va a creer.

Ni siquiera tengo el último guión en la laptop para de alguna manera insinuar que lo escribí yo.

Huellas digitales.

La policía va a encontrar pruebas de mi estadía en el sótano; pelos de mi pelo y barba y piernas y huevos; pelos rodeando el cuerpo de Santiago.

Espero que la policía encuentre las pruebas y venga a buscarme y entonces cuento todo.

Nadie va a dudar de que escribí los guiones luego de conocer la atrocidad.

Incluso los que duden van a decir que no tienen dudas.

El mundo del cine va a hablar de la atrocidad.

El mundo del cine mundial.

Me voy a convertir en un símbolo.

El artista sometido.

No, *explotado*.

El escritor sin nombre que ahora al fin es bautizado frente a los ojos del mundo.

Pablo Betances, argentino, guionista, víctima de una atrocidad.

Los gremios de escritores me van a homenajear.

Voy a recorrer el planeta, de homenaje en homenaje.

El Writers Guild of America me va a conceder el título de miembro honorífico.

Cobertura médica gratis para mí y mi vieja.

Y para mi mujer.

Vuelvo a San Martín de los Andes y busco a Anita, la llevo conmigo a Los Ángeles, a Nueva York, a Londres, a San Sebastián.

Fox Searchlight va a producir el guión del pibe que arroja a su familia en el pozo.

Una catarata de alabanzas.

Ningún crítico puede escribir una mala crítica de mi película luego de conocer la atrocidad.

Los mejores actores del mundo me van a besar los pies.

Hollywood Reporter va a hablar del escritor secuestrado.

Honoris causa en Harvard y Yale.

Título honorífico en Puán.

Título horrorífico.

Vestidos de mil, dos mil, tres mil dólares para que mi vieja y Anita luzcan en las alfombras rojas de Cannes, Venecia, Berlín, Globo de Oro, Oscar.

Mi vieja a la derecha y Anita a la izquierda, fila dos del Teatro Kodak, detrás de Meryl y Jack, delante de Sean, de Tom, de Leo, de Angelina.

Van a quitarle a Santiago los premios al mejor guión y me los van a otorgar en ceremonias emotivas, mi vieja llorando de felicidad, Anita tomándola de…

No, Norma me va a incriminar, va a tergiversar lo que pasó.

Un loco fanático que dedicó años a perseguirlo, el Mark Chapman de Santiago Salvatierra.

Tendría que haberme quedado en la casa, hablar con Norma, convencerla de las atrocidades que Santiago cometió con ambos, volverla parte de mi atrocidad, y a mí de la suya, *nuestra* atrocidad, compañeros de prisión.

Te juro que no voy a decirles nada, Norma. Te lo prometo. Nadie se va a enterar.

* * *

Acabo de pedirle al chofer que baje el aire acondicionado.

No giró para mirarme; hizo un gesto con la mano derecha que no entendí.

El copiloto o cochofer duerme en una cabinita sobre la primera fila de asientos, lo vi meterse hace un rato: se sacó las zapatillas y las dejó en el suelo, junto a su asiento.

Podría cambiárselas por mis Nike, me aprietan el arco y la punta.

No sé por qué no me las saco.

Cerré la laptop, la metí entre mi cadera y el apoyabrazos, me saqué las zapatillas, las guardé bajo el asiento, abrí la laptop, sentí frío en los pies, cerré la laptop, la metí entre mi cadera y el apoyabrazos, saqué las zapatillas dc bajo el asiento, me las puse, abrí la laptop.

Norma debe estar prendiendo fuego Neuquén.

O se calzó los esquíes de Santiago y subió a Chapelco.

Nunca esquié.

Lisandro me invitó a ir con su familia a Bariloche, pero me dio fiaca hacer semejante viaje para pasar los días viéndolos deslizarse por Cerro Catedral mientras yo seguía a un instructor en cuña por las pistitas planas alrededor del hotel.

Si corro la cortina de mi ventana, el sol va a calentarme un poco, pero no voy a poder ver lo que escribo.

El brillo al mango.

No es suficiente.

A la laptop no le queda mucha batería, y este colectivo del año del pedo no tiene enchufe.

Diecinueve por ciento.

La batería de esta vieja MacBook Pro ya no es lo que era.

Voy a tipear hasta que se apague, luego abro la cortina y disfruto del sol y escribo en el cuaderno tachado.

En los parlantes del colectivo suena la gorda Serra Lima y Los Panchos.

Mi abuela, la vieja de mi viejo, abusaba de la gorda Serra Lima y Los Panchos; ir a visitarla era visitar a la gorda Serra Lima (como ella la llamaba) y Los Panchos.

Podría haberle tocado a Norma unas rancheras en el ukelele, ablandarla con su propia música.

No conozco rancheras mexicanas.

Un poquito de «El Rey»:

Con dinero o sin dinero, hago siempre lo que quiero, y mi palabra es la ley.

Mi palabra es la ley en este archivo no encriptado.

Durante los años en el sótano, la palabra de Santiago fue la ley, excepto en el cuaderno tachado, y luego en el archivo encriptado.

Las palabras que escribí en los guiones eran de Santiago.

Palabras que escribía yo, tipeaba yo, inventaba yo, sacaba de alguna parte de mi mente, de mi corazón, de mi estómago, pero eran de Santiago.

Santiago Salvatierra inventó a Pablo Betances en el sótano.

Inventó todo lo que yo era en ese sótano, menos el cuaderno tachado, menos el archivo encriptado, menos el guión que escribí por completo esa tarde noche de domingo y madrugada de lunes, páginas que escribí de un tirón, llegando al final, a las palabras THE END que en realidad son una sola palabra, una palabra hecha de dos, a las seis y cuarenta y ocho de la mañana, doce minutos antes de que Santiago bajase con su silla, la taza de café y el platito con fruta.

Un guión que no tengo.

Un guión que es una película que no vi.

Un guión que, a decir verdad, apenas recuerdo.

* * *

No sé si está bien que el chofer pase música por los parlantes del colectivo, que nos imponga su música.

Grandes éxitos de Gilda.

Me calcé los auriculares Califone, abrí el iTunes con la discografía de los Beatles, luego el *White Album* disco dos, luego «Helter Skelter», a todo volumen, pero al final tuve que pausarlo porque detrás de los gritos de McCartney se oía el murmullo tropical de Gilda.

Es peor escuchar una amalgama de los Beatles y Gilda que a Gilda sola.

Tiene buenas canciones Gilda.

El productor musical que produjo sus discos era al parecer sordo de al menos un oído, pero las canciones me gustan, y la voz de Gilda suena honesta y poco pedante.

Tendría que haberme quedado en la Escuela de Música de Buenos Aires, terminar la carrera.

¿Qué importa la edad?

¿Cuántos de esos nenes y nenas que tocaban instrumentos como si fuesen extensiones naturales de sus cuerpos se hicieron un nombre en la música?

No me di la oportunidad de conocer mi techo.

Un techo que imagino no muy alto, es verdad, pero tal vez un techo único, especial, mío; un techo con el que otros músicos hubieran querido techar sus canciones, sus álbumes, sus conciertos.

La verdad es que nunca me sentí músico.

Me anoté en la Escuela de Música de Buenos Aires porque la música era lo que más me gustaba en el mundo, pero nunca me imaginé viviendo la vida de músico.

Intenté convencerme de que sí, de que la vida de músico era adecuada para mí, pero no creo haberme convencido.

Un músico en serio no vive con su vieja.

Un escritor en serio sí (Borges, por ejemplo), pero no un músico.

¿Habrán sido las obsesivas lecturas de las *Obras completas* de Borges las que me insinuaron que vivir con mi vieja lo que me quedaba de vida era posible?

¿Lo que me quedaba de vida?

No recuerdo haber pensado eso, haber imaginado la posibilidad de vivir con mi vieja lo que me quedara de vida.

Nunca pensé en mi vida más allá de un mes en el futuro.

Ni siquiera un mes, quince días.

Incluso en el sótano, cuando entendí que el encierro era la única vida posible, no pensaba en más allá de dos o tres días.

A veces ni siquiera eso, horas; el futuro estaba hecho de horas.

¿Voy a extrañar la quietud del sótano?

La solidez de una rutina a la que logré acostumbrarme.

No sólo acostumbrarme, disfruté de la rutina, la respeté, la reverencié.

Una rutina que era un rito.

Toda mi vida viví de rutina en rutina, de rito en rito.

Aborrezco a la gente que vive el momento, los falsos budistas, y a los budistas también.

No los aborrezco, los envidio.

Los que improvisan una vida nueva día a día.

Me molesta enormemente que esas personas existan.

Mi futuro de músico era una farsa; la ilusión de creerme algo que no soy.

Mi vieja entendió, al oírme hablar de mis sueños de músico, que no era una vida para mí; sus sutiles, o no tan sutiles, intentos de arrancarme de mi camino de músico eran a la vez intentos desesperados de salvarme.

Debería haberme convertido en monje, imponerme una religión, cualquiera, y encerrarme en un monasterio o templo, y vivir bajo una rutina sumamente estricta, perfeccionada a lo largo de siglos; siglos de repetición.

El sótano fue mi monasterio, mi templo.

Un rito indispensable para evitar escribir como el culo.

No hay escritor en serio que no viva bajo algún rito autoimpuesto, o aprendido, o imitado, o plagiado.

Soy capaz de amar un rito, una rutina, más de lo que amo a una persona.

Me casaría con una hermosa rutina, y formaría una familia, con tres criaturas, tres rutinitas que vería crecer lentamente, que educaría con orgullo y paciencia, en una linda casa en La Lucila, no muy grande, cómoda, el espacio suficiente para que mis cuatro rutinas desarrollen todo su potencial.

Rutina es igual a *felicidad*.

Una felicidad quieta, ínfima, pero felicidad al fin.

Los que viven moviéndose encuentran momentos de felicidad: una felicidad mucho más intensa, pero que dura poco.

Santiago fue uno de esos que no pararon de moverse.

Santiago no fue una persona feliz.

No vi ni un destello de felicidad saltar de él los momentos que pasamos juntos en el sótano; ni siquiera cuando bajaba a contarme todo lo que habíamos ganado, es decir, todo lo que él había ganado con nuestras películas, sus películas.

¿Norma fue feliz viviendo con Santiago?

Una felicidad horrible, pero felicidad al fin.

No mucho más horrible que mi felicidad en el sótano.

Si Norma hubiera sido menos endemoniadamente necia y aceptado dirigirme la palabra, hablar conmigo…

Una sola vez le oí la voz: un mediodía que Santiago y yo nos habíamos enfrascado en una discusión sobre los posibles giros finales de una escena, cuando Santiago se dio por vencido y levantó su silla y salió del sótano, y se cruzó con Norma, que bajaba a traerme el almuerzo, y los oí decirse cosas, no distinguí qué, pero sí la voz tímida de Norma, su dulce y cómico acento mexicano.

El paisaje ya empezó a aplanarse.

Aparecen las primeras vacas pastando y espantando moscas.

Las vacas pastan y espantan.

Espantan pastando.

Pastan espantando.

No me sorprendería descubrir (es decir, que alguien descubra y me cuente) que las vacas viven en la más absoluta felicidad.

Norma tiene ojos de vaca.

La Hera azteca.

Una vaca capaz de la más espantosa crueldad.

Al principio el revólver calzado en el bolsillo de su delantal de mucama me hacía reír, pero luego entendí que Norma llevaba ese revólver calzado con la mayor naturalidad, que no iba a dudar un segundo en usarlo, y que lo iba a hacer con presteza.

* * *

INT. COLECTIVO – DÍA

La chica de atrás golpea la uña contra su ventana al ritmo de «Macarena».

¿Cómo sé que es una chica?

No la vi entrar.

No pronunció palabra.

¿Por la forma en la que se mueve y respira?

Respira no, *suspira*.

Es imposible oír las distintas respiraciones de los pasajeros; se las devora Gilda, y su banda; pero sí se oyen cuerpos frotándose contra los asientos, suspiros, toses, carraspeos.

Tipeo esto ojeando el porcentaje de batería cada cinco palabras.

Cuatro por ciento.

Santiago me preguntó cómo me había ido.

Se lo veía cansado, ligeramente triste.

Pensé en preguntarle qué le pasaba, si estaba todo bien con Hilario, o con los actores, o con los financistas.

Le dije que me había ido bien.

Muy bien, le dije.

¿Lo terminaste?

Sí.

¿Y?

No sé, leelo.

Vio algo en mi cara que no le gustó.

Me pidió que le alcanzara la laptop.

Se sentó en su silla, la laptop sobre los muslos, y sonrió al leer la palabra THE END; supongo que fue esa palabra hecha de dos la que lo hizo sonreír.

Luego llevó el cursor a la primera página y empezó a leer.

El día anterior a que Santiago bajara al sótano con su silla, la

179

taza de café y el platito con fruta, lo había pasado haciendo nada, intentando convencerme de que el dolor en la parte derecha del vientre no era más que un invento, un dolor psicológico, un dolor que crecía al mismo tiempo que la imposibilidad de escribir el guión que debía cambiar la historia del cine mundial.

Nunca fui muy hipocondriaco.

Tuve que aprender que a veces la mente inventa dolores; dolores que existen, que son reales, pero que no tienen una causa física; están en el cuerpo pero no pertenecen al cuerpo, pertenecen a la mente.

Un error, porque cuando desperté de la anestesia me informaron que mi primer dolor inventado no había sido inventado.

Me inventé que el dolor era inventado, y me convencí el tiempo suficiente.

¿Se necesita anestesia general para sacar piedras de la vesícula? Tres por ciento.

Eran las seis de la tarde del domingo cuando arrancó la culpa.

Culpa y vergüenza.

Culpa, vergüenza y bronca.

Culpa, vergüenza, bronca y unas ganas tremendas de llorar.

O las ganas tremendas de llorar eran consecuencia de la culpa, vergüenza y bronca.

Y odio.

Odio a la decisión de bloquearme.

¿Decisión?

Nadie decide bloquearse.

La presión me bloqueó.

La presión que Santiago me regaló: un paquete del tamaño de Neuquén con un moño dorado que trajo de Los Ángeles.

Mentira.

A las seis y cinco de la tarde ya había caído en la cuenta de la enorme mentira.

¿Me había bloqueado realmente?

Si me hubiese bloqueado, ¿habría podido escribir en el archivo encriptado?

Sí, porque escribir en el archivo encriptado, o en el cuaderno tachado, o en el archivo no encriptado, o pronto en el cuaderno otra vez, no es escribir.

Hay grandes libros de la literatura mundial que no fueron escritos, que no son literatura.

Malone muere, por ejemplo; la novela que más veces leí; la novela que me llevaría a una isla si fuese tan imbécil de irme a una isla con un solo libro.

Una novela que no es una novela.

Literatura que no es literatura.

Un libro que no fue escrito.

Ésos son por lo común los mejores libros: los no escritos.

Pero es imposible escribir un guión sin escribir.

Es imposible bloquearse si no se escribe.

Beckett no hubiera podido bloquearse escribiendo *Malone muere*.

Sí hubiera podido bloquearse escribiendo *Final de partida*, o *Comedia*, o incluso sus últimos textos como *Compañía* o *Rumbo a peor*, textos sumamente planeados, escenografías quietas, precisas.

Tres por ciento.

El disco de Gilda se terminó, y ninguna otra música vino a reemplazarlo.

La chica golpea la uña contra su ventana al ritmo de «Eine Kleine Nachtmusik Serenade» de Mozart.

Ta, ta ta, ta ta ta ta ta ta, ta, ta ta, ta ta ta ta ta ta.

Me imaginé recibiendo a Santiago el lunes a la mañana y diciéndole que no había escrito nada, que no sólo no había escrito sino que había eliminado lo que teníamos, lo había tirado a la papelera y vaciado la papelera.

Me vi a mí mismo diciéndole eso, palabras que no me pertenecían, que no me podían pertenecer, porque un escritor mediocre, un trabajador de la escritura, no tiene derecho a bloquearse, no tiene derecho a tirar el guión a la papelera y vaciar la papelera, no tiene derecho a pronunciar esas palabras.

¿Quién carajo soy para bloquearme de esta manera?

Me dieron unas ganas terribles de cagar, y me apuré al baño, al inodoro, pero no tenía mucho para largar, así que más que nada lo que largué fueron pedos.

Pensé que el dolor en la parte derecha del vientre se me iba a ir tras esa catarata de pedos, pero no, se volvió más agudo, más puntual, y entonces me dije que quizá la única manera de eliminar el dolor en la parte derecha del vientre, de tirarlo a la papelera y vaciar la papelera, era intentando escribir, sentarme en el colchón con la laptop sobre los muslos e intentar escribir el guión que debía cambiar la historia del cine mundial, desde el principio, desde FUNDE A: hasta FIN.

Dos por ciento.

Tendría que haber ido a una de las empresas de colectivo más lujosas, comprar un pasaje en coche-cama, VIP, un asiento reclinable al máximo, música clásica, enchufe, comida caliente.

¿Por qué este semicama incómodo?

No quería llamar la atención.

¿La atención de quién?

Supongo que uno de los aspectos que más me seducen de *Malone muere* es cómo Beckett logra grandes niveles de profundidad usando las palabras más simples; el texto está siempre ahí, al alcance, pero a la vez se nos escapa; entendemos todo, pero debemos releer y releer para entender en serio.

En la escritura de guiones hay que usar siempre palabras simples.

Explicar.

El guión es un texto que deber ser rápidamente entendido.

Menos secretos hay entre el escritor y el lector (es decir, los productores, actores, directores de fotografía, vestuaristas, técnicos, etcétera) mejor es el guión.

El guionista que pretende demostrar qué buen estilista es al escribir un guión de cine debería ser arrojado en un pozo y abandonado a la mala de dios.

Voy a intentar dormir un rato.

Cambiaría mis auriculares Califone por tapones para los oídos.

La uña contra el vidrio plastificado o plástico vidrioso va a volverme loco.

Giro y le digo algo.

No, pobre chica, necesita su uña contra la ventana para soportar el viaje.

Todos necesitamos actividades para soportar las horas: tipear boludeces en este archivo no encriptado, o golpear una uña contra la ventana, o sacarse un moco del fondo de una fosa nasal y luego analizarlo un rato hasta decidir si vale la pena comerlo o no.

En mis fosas nasales puedo esconder una copia exacta del meteorito que extinguió a los dinosaurios.

En realidad, si fuese tan imbécil de irme a una isla con un solo libro, me llevaría el *Ulises*.

Uno puede pasarse la vida leyendo el *Ulises*, sólo el *Ulises*, pero no sé si puede pasarse la vida leyendo *Malone muere*, sólo *Malone muere*.

El *Ulises* no termina nunca; me gustaba leerlo como si fuese una playa desierta en la que podía bañarme cada vez que quería, sabiendo que el agua que me mojaba los pies era siempre distinta.

Ta, ta ta, ta ta ta ta ta ta.

Mozart era un genio de los que vale la pena llamar *genio*.

Hoy en día llaman *genio* a cualquiera.

La desesperación constante por encontrar artistas geniales.

El problema es que si empezamos a llamar *genios* a artistas que no lo son, luego las nuevas generaciones aprenden a verlos como genios, y los imitan, y entonces con el tiempo los genios que vale la pena ser llamados *genios* desaparecen, porque nos acostumbramos a llamar *genios* a quienes no lo son.

Absurdo componer música luego de Mozart.

Absurdo escribir luego del *Ulises*.

Absurdo hacer películas luego de Tarkovsky.

Uno por ciento.

Arranqué una hoja del cuaderno, la corté al medio, me metí una mitad en la boca, la mastiqué y chupé, e improvisé un tapón para el oído; luego hice lo mismo con la otra mitad.

* * *

La única tele en el colectivo (un cubo lleno de circuitos para los que ya no existen repuestos) se acaba de prender.

Tras pocos segundos de un gris casi negro: las líneas de colores, el logo de Universal Pictures, el logo de Amblin Entertainment, y arrancó *Volver al futuro*.

Una película mucho más difícil de escribir que *La dolce vita*, muchísimo más difícil de escribir que *Fitzcarraldo*.

Una obra maestra del entretenimiento.

¿Cuántos sábados y domingos de lluvia pasé tirado en la cama viendo *Volver al futuro*?

¿Cuántos sábados y domingos sin lluvia pasé tirado en la cama viendo *Volver al futuro*?

Este viaje a Buenos Aires es mi volver al futuro.

Vuelvo al pasado, a lo que tenía antes, a lo que era antes (aunque no sé si aún tengo o soy algo de ese pasado), para vivirlo en el futuro.

Un volver al futuro sumamente aburrido.

Nada más alejado del entretenimiento que mi vida en el pasado al que estoy intentando volver.

Una película independiente que sólo aplauden los amigos y familia del director.

Una película que ningún estudio ni productor quiso financiar, que logró hacerse gracias al aporte del tío millonario del director, que en realidad usó la película de su sobrino para lavar guita.

Soy un Marty McFly sin gracia.

Un Marty McFly que aceptó ser secuestrado, que aceptó que abusaran de él durante años, y que no hizo nada por liberarse.

Un Marty McFly que viaja al futuro en la máquina del tiempo menos excitante de la historia del cine mundial.

* * *

Aquella tarde de domingo en el sótano, cuando la culpa y la vergüenza y la bronca me empezaron a sacudir (mi cuerpo quieto y sacudido al mismo tiempo), todas y cada una de las ideas del guión que debía cambiar la historia del cine mundial me parecían las peores ideas, y la estructura la peor estructura: un cuadro aristotélico enorme que hubiera enorgullecido al viejo peripatético, pero que no funcionaba…

No, no hubiera enorgullecido a Aristóteles; lo hubiera puesto a gritar las mismas barbaridades que mi viejo les gritaba a los empleados de free-shops que encontraba papando moscas, como vacas inútiles, más inútiles que las vacas, porque al final nadie va a querer tirar a ninguno de esos empleados de free-shops a la parrilla.

Me senté a escribirlo.

Me cagué en Aristóteles y me senté a escribir el guión que debía cambiar la historia del cine mundial.

Me senté en el colchón, la espalda contra la pared, la laptop sobre los muslos, y, como había hecho aquella primera vez con *La montaña mágica* de Mann, arranqué a escribir plagiando, pero esta vez plagiándome a mí mismo, tipeando el mismo encabezamiento con el que había empezado el primer acto del borrador ahora eliminado, y luego tipeé el primer párrafo de la didascalia, y me detuve, y leí y releí esas palabras que conocía de memoria, y las imaginé en inglés, no pude evitarlo, y decidí en ese preciso momento que la única manera de escribir ese guión, el que debía cambiar la historia del cine mundial, la única manera de escribirlo y terminarlo, era reescribiéndolo sin reescribirlo, transformando en escena lo que ya conocía de la historia, pero olvidando la estructura preestablecida, los cuadros y *backstories* y pilas de notas, desaristoteleando la historia, desaristoteleándome, sucumbiendo a lo inmediato, únicamente a lo inmediato, sin dejar que

Cuaderno no tachado

Dormí casi tres horas.

Escribo esto en las páginas no tachadas del cuaderno, espiando de vez en cuando los campos chatos y antipoéticos de La Pampa.

No sé si estamos en La Pampa.

Me chupa un huevo, afuera es todo lo mismo.

Le voy a pedir al chofer que pare, y me bajo, y camino hasta una de las granjas, y ruego que me contraten de granjero.

No es mucho lo que sé del trabajo de granjero, pero puedo aprender, enfocarme en una disciplina específica y no parar hasta dominarla.

Una manera más digna de sufrir abuso; con un fin más noble: parir comida en la tierra.

Un fin útil, esencial; muchísimo más digno, útil y esencial que escribir películas, que escribir cualquier cosa.

Frenesí.

Es la única palabra con la que puedo nombrar lo que sucedió

en el sótano aquella tarde noche de domingo y madrugada de lunes.

Las oraciones aparecían en mi mente a una velocidad descomunal, surgían como burbujas en la superficie de un vaso de soda.

Mis dedos en el teclado se atolondraban, tropezaban, pero no me detenía a corregir, a la mierda con corregir (esto es un guión, me repetía en los huecos entre palabras y oraciones, no una obra literaria), a nadie importa el <u>cómo</u>, enfocate en el <u>qué</u>, sólo importa el <u>qué</u>, el <u>qué qué qué</u>.

El <u>qué</u> se me vino encima, de adentro hacia afuera, y se apoderó de mis manos.

Si alguien me dice que durante las horas que pasé tipeando como un poseso mi rostro no mostró otra expresión más que una breve sonrisa de loco, le creo.

Ya no pensaba en Meryl Streep ni en Jack Nicholson ni en Sean Penn.

No pensaba en los puntos narrativos que tanto tiempo habíamos tardado en identificar.

Sólo pensaba en oraciones; oraciones que por alguna razón significaban algo; encajaban una detrás de la otra, como un rompecabezas que ya conocía, que conocía de memoria, y significaban algo.

No creo que los granjeros hayan sido alguna vez víctimas del frenesí.

Sí debe haber granjeros que imaginan películas enteras mientras cosechan verduras y frutas.

Cosechar películas.

Sembrar un guión en un metro cuadrado de tierra fértil, regarlo, y a los pocos días cosechar una película brillantemente dirigida y actuada e iluminada y editada.

La calidad depende del tipo de fertilizante usado al sembrar el guión.

Hollywood es Monsanto: miles de hectáreas en las que siembran y cosechan sus miles de películas de Roundup.

El guión que escribí aquella tarde noche de domingo y madrugada de lunes es orgánico.

No, mejor: plantado sin químicos, sean orgánicos o no; un guión cosechado con la única virtud de la madre naturaleza, una madre naturaleza que tuvo el descaro… no, la sabiduría de crearme, de parirme, de traerme al mundo; un hombre precisamente diseñado para vivir en un sótano, para aceptar el encierro a cambio del arte más sublime, a cambio del cambio.

¿Cuántos guiones escribió Aristóteles?

¿Cuántos guiones escribió Robert McKee?

¿Cuántos guiones escribió Syd Field?

A veces espiaba lo que había escrito y asentía, sí sí sí, y seguía tipeando, arrancando escenas de mi mente como artistas desesperados que saltaban el muro de Berlín durante la guerra fría.

El bloqueo era el muro.

Un muro inventado.

Un muro que existía, pero no era real.

Entrando al lunes tenía cuarenta y nueve páginas escritas.

Ni se te ocurra parar y leerlas, me dije. No hay lunes. No hubo domingo, no hay lunes. Santiago no va a bajar a molestarte, nunca más, porque dijo lunes y el lunes no llega.

Ya era lunes, lo vi de reojo: cero horas y siete minutos.

Uno de los personajes pregunta la hora y otro contesta:

Doce y siete.

Seven past twelve.

Nada más insignificante que un personaje le pregunte a otro la hora.

A no ser que sea una de acción y la bomba esté por explotar.

Mi bomba estaba por explotar.

Tic tac, tic tac, tic tac, tic tac, tic tac.

Una bomba del año del pedo aparentemente.

Mis dedos intentaban aferrarse a lo esencial, descartaban lo que sobraba con una de esas escobitas de arqueólogo.

Dos manos, quince dedos.

No usaba ni los pulgares ni los meñiques.

Nueve dedos.

No sé a quién pertenecían los tres dedos extras.

Acá en el colectivo uso una birome que le pedí prestada a la señora sentada a mi lado.

Me preguntó a qué iba a Buenos Aires.

Le dije que vivo en Buenos Aires, que vine a San Martín de los Andes de vacaciones; unas vacaciones que en principio iban a durar dos semanas y terminaron durando mucho más.

Sí, dijo, San Martín es muy lindo. Dan ganas de quedarse, ¿no?

La birome es una extensión de la mano derecha que funciona como un dedo que dibuja palabras que apenas puedo leer, no porque me maree al leerlas (aunque sí me mareo), sino porque mi letra da pena, como si usara el alfabeto árabe para escribir en español.

* * *

Es probable que el doctor Miranda no exista; lo debe haber inventado Santiago, para apaciguarme, para dejarme tranquilo.

Suerte que no me agarró dolor de muelas.

Si me hubiese agarrado dolor en una muela, me la habría arrancado con una tenaza, de la misma manera que Santiago imaginaba hacerlo al llegar a Estados Unidos para obligar a los del Writers Guild of America a que usaran parte del dinero del seguro en él.

No sé quién me sacó las piedras de la vesícula.

No sé cómo, ni cuándo, ni dónde.

Sólo sé que, aquella mañana de lunes, luego de que Santiago leyera el guión terminado minutos antes, me miró con una expresión indescifrable (aún ignoro lo que esa expresión significaba) y me preguntó si estaba bien.

Pensé que iba a empezar con su perorata, que iba a aleccionarme, a explicarme por qué el guión que acababa de leer no funcionaba, pero no, dejó la laptop en el suelo y se acercó al colchón, y en ese momento, por cómo me miraba, me di cuenta de que tenía ambas manos en la parte derecha de mi vientre, que me estaba apretando la vesícula (aún no sabía que se trataba de la vesícula), y también me di cuenta de (entendí) que si dejaba de hacer presión en la parte derecha de mi vientre el dolor iba a apoderarse de todo, presentí que si alejaba las manos de la parte derecha de mi vientre la puntada me iba a matar.

No recuerdo con claridad lo que pasó después.

La cara de Santiago extrañamente cerca de la mía, una de sus manos en mi frente.

Norma con un vaso de agua, o lo que supuse era agua.

Recuerdo lo que sentí al tomarla: un agua que al tocar mis labios era fría, pero al bajarme por la garganta hervía.

Le pregunté a Norma si era mineral.

No me contestó.

No me hablaban.

Hablaban entre sí, se hablaban.

¿O había alguien más?

Malone muere va a la isla conmigo.

Ulises es un libro demasiado escrito.

Joyce escribe convencido de que sabe qué es ser judío, qué es ser irlandés, qué es ser mujer.

Beckett escribe convencido de que no sabe nada; escribe para intentar saber algo, consciente de que nunca va a saberlo del todo.

Beckett escribe de la única manera que vale la pena escribir.

La erudición está sobrevalorada, es mucho más difícil escribir cuando no se sabe nada.

Habría que obligar a la gente que nunca leyó un libro a escribir un párrafo de ciento cincuenta páginas en primera persona, obligarlos a punta de pistola, millones de <u>Malone muere</u>, y luego prenderles fuego, a los párrafos, no a la gente, y a la gente también.

Los que se creen escritores son los que peor escriben.

Escribir no es una profesión, es la mejor manera de desperdiciar la vida.

Pilas de cuadernos llenos de tiempo desperdiciado.

Rollos y rollos de películas llenas de tiempo desperdiciado.

El mundo del cine (que no es un mundo) rebalsa de gente que se piensa que sabe lo que hace.

Profesionales del cine, así se llaman.

Miles de escritores convencidos de que saben escribir.

Hijos bobos de Aristóteles.

Santiago y Norma conversaban con Aristóteles, en el sótano, decidían qué hacer conmigo, cuando yo lo único que quería era saber qué le había parecido el guión.

Se lo pregunté a Santiago, pero las palabras no salieron.

* * *

El abuelo paterno de Chéjov era siervo de un tal Chertkov, y juntó plata para comprarse la libertad, la de él y la de su mujer y la de sus tres hijos; y el señor Chertkov generosamente le obsequió también la libertad de su hija (la del abuelo paterno de Chéjov), Aleksandra.

No sé por qué recuerdo esa anécdota.

¿El hijo de puta compró su libertad y la de su mujer y sus tres hijos pero no la de su única hija?

¿No podía ahorrar un poco más?

Nos olvidamos de la crueldad con la que se vivía antes.

No digo que ahora no haya crueldad, sobra, por todos lados, pero antes...

Una crueldad institucionalizada.

Hoy en día la gente se ofende por cualquier pelotudez.

La gente, es decir: el público.

Es agotador escribir temiendo ofender.

Imposible escribir bien sin ofender.

Scarface con un actor negro hubiera sido una película racista.

¿Estás diciendo que los negros son todos traficantes de droga y asesinos?

Taxi Driver con un japonés.

American Psycho con un latino.

Latin Psycho.

Lo mejor es dejar de escribir.

Si uno no escribe, no ofende.

Beckett en Malone muere no puede ofender porque no escribe.

El Ulises fue censurado durante años, tanto en Estados Unidos como Inglaterra e Irlanda, porque los encargados de la censura notaban que había sido escrito.

Yo no escribí el guión que debía cambiar la historia del cine, lo eyaculé, y no pude saber lo que Santiago pensaba de mi guión porque el dolor me impedía entender lo que me decía.

Me desmayé.

No sé si por el dolor, o por algo que le habían puesto al agua.

Desperté en el colchón, en el sótano, como cualquier mañana de esos más de cinco años, sin dolor, o con un dolor muy leve, distinto al otro dolor, y me levanté la remera y encontré la venda cubriéndome el vientre.

Me costó sentarme.

¿Por qué nunca pedí una silla?

Cinco años a la altura del suelo.

A veces me sentaba sobre la heladera, o sobre la bolsa con ropa sucia.

Esperé que Santiago bajara.

No bajó.

Se había llevado la laptop.

Esperé que Norma bajara.

La intensidad del sol en el rectángulo me decía que ya era casi mediodía.

Ni señales de mi café, ni el platito con fruta.

Tenía hambre, y sed.

Gateé lentamente hasta la heladera bajo mesada, la abrí, vacía.

Ahora sí, pensé, me dejan a morir.

Me dije: ¿Si me van a dejar a morir, entonces por qué me quitaron lo que fuese que me estaba prendiendo una fogata en la parte derecha del vientre?

Esperé varias horas.

Se hizo de noche.

No sé si de noche, pero el rectángulo se apagó.

Pensé en tocar un par de canciones de los Beatles en el ukelele, pero al sostenerlo se me fueron las ganas.

La ausencia de la laptop se agigantaba con cada minuto, como haber perdido a tu mejor amigo en un accidente, como perder el mundo.

Seguía en el mundo, en el sótano que era mi mundo, pero al mismo tiempo me faltaba el mundo.

Oí pasos en la escalera.

Nunca había subido o bajado esa escalera.

Me habían subido y bajado (o al menos bajado una vez, luego de aquella cena con Santiago cuando hablamos de todo), pero nunca había pisado esos escalones.

No supe que eran de cemento hasta que los subí ayer a la noche.

Aunque siempre los imaginé de cemento.

¿De qué otro material iban a estar hechos?

¿De madera?

¿Un sótano de cemento con escalera de madera?

Norma entró con la cena: sopa de cabellos de ángel, agua, dos rodajas de pan lactal blanco y dos pastillas.

Le pregunté qué eran las pastillas.

No me contestó.

Con un gesto me pidió que las tomara.

¿Dónde está Santiago?, le dije. Necesito hablar con él.

Norma estiró la mano derecha con la palma hacia el suelo, y luego la fue elevando en diagonal, un gesto que suele significar "avión despegando".

No puede ser, le dije. ¿A Estados Unidos?

No me contestó.

¿Y mi laptop?

No me contestó.

¿La dejó arriba?

No me contestó.

¿Podrías fijarte si la dejó arriba?

No me contestó.

Necesito mi laptop. Decile a Santiago que la necesito.

No dijo nada.

Abrió el tanque de oxígeno y permaneció un rato de pie, mirándome, en silencio, el revólver calzado en el bolsillo de su delantal.

195

Perdón, Norma, le dije. Quiero pedirte perdón por… El otro día. No sé qué me agarró.

De pie, mirándome, en silencio.

La verdad que me gustaría que hablemos, le dije, conversar, saber de tu familia en México.

De pie, mirándome, en silencio.

¿Cuánto hace que no los ves?

De pie, mirándome, en silencio.

Norma era sinónimo de <u>silencio</u>.

La mayoría de los pasajeros viajan en Norma.

Norma es oro.

La palabra es tiempo y Norma eternidad.

Esclavo de tus palabras y dueño de Norma.

Mejor ser rey de Norma que esclavo de tus palabras.

Norma habla cuando las palabras no pueden.

¡Norma, Betances, si no lo mando a la dirección!

De pie, mirándome, en Norma.

Cerró el tanque de oxígeno y salió.

* * *

Acabo de ir al baño, un ropero ínfimo con un inodoro de jardín de infantes y un lavabo roto.

Mientras hacía pis, apoyé la cabeza contra la pared no curva del colectivo.

¿Hubiera preferido que fuera curva?

¿Esperar una turbulencia que…?

Espero que mi viejo haya podido esconder el pene y subirse el cierre antes de morir desnucado.

La chica no es una chica: un pibe de unos dieciocho años con una remera de San Lorenzo y pantalones cortos.

Mozart logró llegar realmente lejos.

Mucho más lejos que Fellini.

Mucho más lejos que Shakespeare.

Muchísimo más lejos que Joyce.

Pasó un mes entero sin noticias de Santiago.

Norma bajaba como de costumbre, en silencio, sin mi laptop.

No tenía otra cosa para hacer que no fuese tocar el ukelele, masturbarme y dormir.

Una mañana bajó con la taza de café y el platito con fruta, los dejó junto al colchón (yo aún no había salido de las sábanas y frazada), y con un gesto me pidió que me destapara, y me destapé, y luego con otro gesto me pidió que me sacara la remera, y me la saqué, y luego con un tercer gesto me pidió que me quitara la venda, y me la quité, y por primera vez vi la cicatriz, una raya de cinco centímetros en la parte derecha del vientre que alguien había cosido sin hilo (había pegado, no cosido).

¿Quién me hizo esto?, le dije.

No me contestó.

¿Quién me arregló el dolor?

No me contestó.

Aún no sabía la causa del dolor.

No sabía lo que habían hecho conmigo, pero tampoco podía imaginarlo porque desconocía la causa del dolor.

¿Podés bajarme libros?, le pregunté.

No me contestó.

Cualquiera, le dije. Lo que encuentres arriba. Estoy seguro de que Santiago tiene libros arriba. Muchos. Elegí el que vos quieras. Un libro por semana. ¿Qué decís?

No me contestó.

Se llevó la venda y cerró la puerta.

Habría pagado una fortuna (si hubiera tenido una fortuna para pagar) por una copia del guión que había escrito en aquel frenesí de tarde noche de domingo y madrugada de lunes.

Aunque de haber tenido una fortuna para pagar, y de haber pagado esa fortuna a cambio del guión que escribí en aquel frenesí de tarde noche de domingo y madrugada de lunes, lo hubiera empezado a leer con un miedo insoportable.

No sé lo que escribí.

No sé si lo que escribí era bueno.

Supongo que sí, porque Santiago se lo llevó sin decir palabra.

Supongo que no, porque Santiago se lo llevó sin decir palabra, y contrató a otro guionista, y me dejó a morir en el sótano.

No, bien sé que Santiago no contrató a otro guionista, ni que me dejó a morir en el sótano.

Me dejó <u>vivo</u> en el sótano, en la cárcel que era ese sótano, lo más vivo posible, y luego vino con su revólver.

* * *

En los parlantes del colectivo suena una versión bossa nova de "I Wanna Be Sedated".

¿Cuánto falta?

Once horas y media, dijo la señora sentada a mi lado.

Me preguntó qué estaba escribiendo.

Notas, le dije.

¿Notas? ¿De qué tipo?

Notas para un libro que voy a escribir cuando llegue a Buenos Aires.

(No voy a escribir ningún libro cuando llegue a Buenos Aires.)

¿Una novela?, me preguntó.

Sí.

¿De qué trata?

Un profesor de esquí que da clases en Chapelco, y en las horas libres resuelve crímenes.

No creo que haya muchos crímenes por resolver en San Martín, dijo.

Siempre hay crímenes por resolver, le dije, en todos lados, en todo momento.

La señora me miró de esa manera en la que me miraba Santiago cuando yo había dicho algo que él consideraba una exageración; los ojos de la señora no se parecen en nada a los de Santiago, pero la mirada fue la misma.

El copiloto o cochofer pasó repartiendo alfajores Jorgito de chocolate o dulce de leche (había que elegir uno; yo elegí el de chocolate) y una especie de limonada, o agua mineral con gusto artificial a limón, marca Villa del Sur.

Los meses que pasé en el sótano sin laptop ni cuaderno ni libros me sirvieron para convertirme en un ukelelista más que aceptable.

La mayoría de los acordes los improvisaba, pero aprendí a tocar canciones complejas, como "While My Guitar Gently Weeps", o "Jugo de lúcuma", que fui sacando de memoria.

Tendría que haberme traído el ukelele.

Una fortuna debe valer un instrumento hecho íntegramente de fibra de carbón.

Apenas junte plata me compro uno, de madera, barato.

Aunque va a ser difícil acostumbrarme al sonido de un ukelele barato de madera luego de los meses que pasé dándole al de fibra de carbón.

Me toco la parte derecha del vientre y no siento nada.

Tal vez me lo quitaron todo, me extirparon el lado derecho del vientre, lo que escondemos del lado derecho.

La verdad es que este asiento semicama no está tan mal.

Soy capaz de vivir en este asiento años enteros, siempre y cuando pueda pararme un rato y caminar por el pasillo, al menos una vez cada diez horas, cuando voy al baño, y también siempre y cuando tenga mi laptop, y un enchufe para mi laptop, y unos auriculares de mejor calidad que estos Califone, y un copiloto o cochofer que me traiga alfajores de chocolate y agua mineral cada tres o cuatro horas.

La gente que pretende abarcar el mundo me da lástima.

Santiago pretendió abarcar el mundo.

¿Yo pretendí abarcar el mundo con mis guiones?

No, porque mis guiones no son míos.

Hace años lo acepté, y continué escribiendo.

Soy una persona admirable.

Patética.

Patéticamente admirable.

Porque nunca imaginé que el guión del pibe que arroja a su familia en el pozo hubiera podido abarcar el mundo; lo escribí porque quería escribirlo, porque me gustaba sentarme y escribir, lo que fuera, no porque pensara que con esa historia absurda el mundo se arrodillaría frente a mí.

El mundo ya no se arrodilla frente a nadie.

Joyce pretendió abarcar el mundo, buscó con lo que le quedaba de ojos que el mundo se arrodillara a sus pies, y lo consiguió, al menos por un tiempo.

Hoy son pocos los que se arrodillan a los pies del Ulises, no llenan el estadio Monumental.

Beckett no pretendió abarcar el mundo.

Cuando ganó el premio Nobel salió disparado a África, se ocultó en un pueblo donde había una inundación, y dijo que por culpa de la inundación no podía asistir a la ceremonia.

Se inventó una inundación.

Joyce hubiera aterrizado en Suecia en un globo aerostático de oro, gritando a los cuatro vientos: ¡Soy lo más grande que le pasó a la literatura desde Homero!

* * *

¿Qué hago si llego a casa y mi vieja ya no vive ahí?

Le pregunto al portero.

¿Y si el portero no sabe?

Le pregunto a Silvia, la vecina del noveno D, que bajaba una vez por semana a pedirle a mi vieja que la dejara chequear si su sobrina, el único miembro de su familia que quería, le había enviado un mail.

¿Y si Silvia no sabe?

Llamo al tío Manuel, el hermano de mi vieja, que vive en Campana.

Manuel tiene que saber si mi vieja se mudó, o si ya no es capaz de mudarse.

¿Qué voy a hacer si mi vieja falleció?

Busco a Lisandro.

¿Y si Lisandro falleció?

No me sorprendería que Santiago los haya mandado a matar.

Sí me sorprendería; Santiago no era un asesino, era un artista.

Un artista desesperado.

Uno de esos artistas que buscan superarse a sí mismos constantemente, y viven en constante angustia, y son capaces de las medidas más extremas para conseguir el nivel artístico más alto.

Me parece que cuando pienso en mi vieja arrugo la cara, intento arrimar los ojos y boca a la nariz; luego de pensar un rato en mi vieja siento calor en el medio de la cara.

Santiago se rió dos veces mientras leía el guión.

Por lo común, cuando leía escenas enfrente de mí y lo veía sonreír, o reír, o soltar una carcajada, le preguntaba: ¿Qué?, y él me respondía: Tal o cual línea de diálogo, o acción.

Pero aquella mañana de lunes permanecí en silencio; la hora que Santiago tardó en leer el guión (ciento treinta y nueve páginas) ninguno de los dos soltó sonido alguno más allá de sus dos risas y una tos pelotuda que me obligó a ir al baño a hacer gárgaras.

Antes de arrancar con el primer acto, Santiago sacó uno de sus chocolates importados (un Godiva de cuatro cubos grandes rellenos de crema de pistacho) y se lo metió entero en la boca, no cubo por cubo sino todo a la vez, y masticó lentamente mientras leía.

En tres meses había preparado un set de veinticinco canciones que tocaba en el ukelele a la perfección.

Una mañana se lo toqué a Norma.

No le toqué el set entero, porque cuando arrancaba con la quinta canción, "The Fool on the Hill", ella (que se había puesto a limpiar el baño) tiró la cadena varias veces seguidas y me interrumpió la inspiración.

Aún ignoro cómo hice para sacar esas veinticinco canciones de memoria.

Soy capaz de recordar todas y cada una de las canciones de los Beatles con sus acordes, arreglos y melodías, pero ni una escena entera de aquel guión que debía cambiar la historia del cine mundial.

Un guión que seguía paso a paso el guión incompleto que había eliminado, y al mismo tiempo era completamente nuevo, como si alguien reprodujera una pintura de memoria y al mismo tiempo se dejase llevar por la inspiración.

Acepté todos y cada uno de los chispazos, los inserté en las escenas como iban apareciendo.

Aaron Sorkin se me cagaba de risa.

Pero ¿qué gran guión escribió Aaron Sorkin?

¿Qué película de Sorkin va a ser estudiada por décadas en las universidades de cine del mundo entero?

Debería haber usado un segmento de las miles de horas en el sótano para aprender inglés.

Pedirle a Norma que…

Esperar que bajase y rogarle que…

Si Norma no hubiera sido tan irremediablemente necia, me habría permitido que…

Norma no era necia; no sé lo que era; lo que es.

Había algo en mí que no le gustaba.

Algo que Santiago le había permitido ver, o que ella misma había visto en mí y detestaba.

Mi viejo también veía eso en mí.

Nunca dijo nada al respecto, pero sé que lo veía, por la forma en la que me miraba, o la forma en la que evitaba mirarme.

Una apatía espiritual.

Una condición innata que me opacaba el mundo.

Una anemia del alma, astenia otoñal, que no me impedía moverme con naturalidad, no, incluso había días en los que despertaba con una energía saludable, y con ganas de hacer cosas, pero esas cosas, aunque fueran divertidas o importantes o inesperadas, carecían de brillo, como si alguien las hubiera lustrado demasiadas veces.

Mi vieja nunca notó esa carencia en mí.

Creo que no.

Mi viejo mostraba ganas de ayudarme (aunque yo no sentía, ni siento, la necesidad de ser ayudado), pero nunca terminó de decidirse.

Norma había percibido ese cacho de alma que me faltaba (es decir, había percibido el hueco) y me detestaba.

Jamás imaginé que fuera a ayudarme.

No pude evitar pensar en Norma mientras escribía el personaje que luego interpretó Meryl Streep.

Cada vez que el personaje aparecía, Norma aparecía.

Al final la hice cagar.

Si mal no recuerdo, y es probable que recuerde mal (no veo la hora de acostarme en la cama con mi vieja a ver la copia pirata de esa película que escribí y Santiago dirigió y debía cambiar la historia del cine mundial), la hice saltar de la terraza de su edificio y estrellarse de cara contra el asfalto.

* * *

Supongo que tendría que haber llamado a mi vieja.

¿Por qué no la llamé?

¿Por qué no le pido el celular a cualquiera de los pasajeros y la llamo?

No me acuerdo el número.

Sí me lo acuerdo.

No, nunca supe el celular de mi vieja, lo tenía grabado en el mío.

Ya nadie memoriza números de teléfono.

Recuerdo un número, pero no sé a quién pertenece.

Podría pedir un celular prestado y marcarlo.

¿Qué habrá hecho Santiago con mi celular?

¿Lo habrá apagado?

¿Se habrá sentado en la cómoda butaca de su estudio con vista de árboles y cielo a esperar que me llamaran?

¿Cuántas veces habrá llamado mi vieja?

¿Y Lisandro?

¿Cuán al tanto estará Patricia de lo que pasó?

¿Seguirá existiendo Patricia?

Santiago nunca la nombró en el sótano.

Hablamos brevemente de Patricia durante aquella cena cuando hablamos de todo, pero luego no volvió a nombrarla.

Santiago nunca bajó al sótano con su celular.

Muy de vez en cuando Norma bajaba con el teléfono de línea y le decía con un gesto: Tenés una llamada.

Una mañana, durante mi segundo mes en el sótano, le pregunté a Santiago si Norma era muda.

No, dijo. ¿Por?

No me habla, le dije.

Me miró de esa manera en la que me miraba cuando lo obligaba a tocar un tema que él no quería tocar.

Le hago preguntas y no contesta, le dije. No dice ni mu. Como si yo no existiera.

Son cosas de Norma, Pablo. ¿Por qué querés hablar con ella? Dejala en paz. Bastante labura para mantener esto limpio, habitable. Y cocina como los dioses.

Sí, como los dioses del infierno.

No se rió.

Me pregunto si Santiago y Norma…

A veces los cazaba relojeándose.

Alguna vez me cazaron cazándolos relojearse.

Algo escondían.

Una relación que iba más allá de la de dueño de casa/empleada doméstica.

Le pregunté a la señora sentada a mi lado si tenía un celular, y me dijo que sí pero que le quedaba poca batería.

Eso fue todo.

Eso es todo lo que voy a hacer en relación con el único número de teléfono que recuerdo.

Una vez, mientras trabajábamos en el primer guión, le pedí a Santiago que me dejara llamar a mi vieja para decirle que estoy bien, que me disculpe, que tuve que irme, tomarme un tiempo, decidir qué hacer de mi vida, pero estoy bien, ma, no te preocupes, te llamo cuando esté por volver.

Me dijo que no.

La vas a dejar más preocupada, dijo. No te va a creer, y la vas a dejar el triple de preocupada. ¿Sabés mentir, Pablo? ¿Sabés actuar?

Me obligó a que leyese una de las escenas, actuándola, y cuando terminé me miró de esa manera en la que me miraba cuando yo había dicho algo gracioso pero él no quería mostrarme que le había parecido gracioso, y luego estalló en una carcajada, y dijo que no otra vez, ahora moviendo la cabeza, dijo varias veces que no, no no no no no no, y empezó a hablar de otra cosa.

Actuar es difícil.

Actuar es prácticamente imposible.

Admiro enormemente a los actores.

No es necesario que sean geniales para que los admire.

Una tarde, en el set de filmación de mi primer y único guión comprado, en Buenos Aires, el asistente de dirección me vio parado haciendo nada, tomándome mi cuarto café (había descubierto que lo mejor en los sets de filmación es la carpa de catering con su variedad de bebidas e infusiones y sándwiches y golosinas), y me informó que la cámara que tenía a mi derecha iba a filmar la calle, un plano abierto de la calle, de gente caminando, extras que simulaban ser gente caminando, y que necesitaba alguien que pasara cinco o seis veces frente a la cámara, a un metro de la cámara, para generar sombras, sombras de gente que pasa caminando, hacia uno y otro lado, y le dije que yo no era actor, que no sabía actuar, y me dijo que no me preocupase, que nadie me iba a ver, que iba a ser sólo una sombra, varias sombras, y entonces asentí, le dije "No hay problema", y me agarró de un brazo con fuerza y me ubicó al costado de la cámara y me pidió que esperara, que él me iba a avisar cuándo cruzar frente al lente, y yo le dije "Ok", y mientras esperaba empecé a ponerme más y más nervioso, no entendía por qué tanto nervio, y alguien gritó "Acción", y permanecí duro mirando al asistente, hasta que me hizo una seña con la mano derecha, y crucé frente a cámara intentando caminar con la mayor naturalidad, pero era imposible caminar con naturalidad, todo mi cuerpo un sólo músculo largo, sin miembros, sin articulaciones, un pedazo de carne capaz de avanzar lentamente, muy lentamente, y giré y crucé otra vez, el cuerpo cada vez más duro, y volví a cruzar, hasta que alguien gritó "Corte", y el asistente se acercó con una sonrisa y me preguntó "¿Nadie te enseñó a caminar?", y se fue caminando tranquilamente, y ahí me quedé, todavía duro, con mi café en la mano, ya casi frío, preguntándome por qué, si nadie podía verme, si no era más que una sombra, había sufrido tal parálisis, por qué tanto nervio, y la única respuesta que pude darme fue que no era actor, no soy actor, no sé actuar, y ahora me queda más que claro que actuar es difícil, muy difícil, prácticamente imposible.

Nadie fue a ver esa película; la dieron una semana en el Gaumont y chau.

Los árboles desparramados por el campo son la definición misma de la mediocridad.

Calidad baja o casi mala.

Falta de valor o interés.

La mayoría de los guionistas somos como esos árboles, nos consideran faltos de valor e interés.

Un guionista en el set de filmación de su propia película es como uno de esos árboles al pedo.

Peor que esos árboles al pedo, porque ni siquiera sirve para que un pájaro arme un nido en una axila, o un grupo de abejas un panal, o para que un nene ate dos sogas con una llanta de auto a uno de sus brazos y arme una hamaca.

* * *

¿Voy a extrañar el silencio del sótano?

¿Voy a extrañar el olor del sótano que era mi olor y el de mis pedos?

¿Voy a extrañar a Norma?

¿Me voy a despertar a la mañana junto a mi vieja esperando que Norma baje con el desayuno?

¿Voy a necesitar pedirle a mi vieja que todas las mañanas me prepare una taza de café (no batido Dolca, de filtro, bien negro, con un leve sabor a tabaco) y corte distintas frutas en cuadraditos y los acomode en un plato de postre?

Qué fácil es escribir preguntas.

Pero en este momento, por alguna razón, es importante que las plasme en las páginas no tachadas del cuaderno.

¿Cuántas me quedan?

Tendría que haber comprado otro en el minimercado; al menos una libretita pedorra de esas que se usan para anotar listas de compras.

La uña contra el vidrio toca el estribillo de "Tirá para arriba".

Ta ta, ta ta ta ta ta ta, ta ta.

El <u>ta</u> no es el monosílabo correcto para identificar el ruido de la uña contra la ventana.

En los parlantes del colectivo empieza a sonar otra vez el disco de Gilda.

Sostengo la birome con demasiada fuerza; al rato de escribir a mano, siento como si se me agarrotara, y paro, y la estiro, la elongo, y luego sostengo la birome y sigo escribiendo.

Como si no confiara en mi mano: la uso para sostener la birome y escribir, pero al mismo tiempo temo que vaya a soltarla, o a clavármela en un ojo.

Cinco horas para llegar a Capital.

La ruta por momentos se convierte en calle con semáforos, tráfico y personas esperando para cruzar.

Olor a café quemado.

Unos minutos luego nos sirvieron café negro en vasos de telgopor; una servilleta de papel enrollada alrededor de un sobrecito de azúcar, uno de leche en polvo y un palito de plástico para revolver.

Ojalá siga existiendo el café instantáneo Dolca.

Algo tan esencial para la vida no puede dejar de existir así porque sí.

* * *

Un ejercicio recomendable es retipear el guión por completo.

Al terminar el primer borrador, lo que Philip Roth llamaba "el borrador vomitado", dejarlo descansar unos días, luego leerlo, corregirlo, marcar lo que no funciona (si conocen a alguien que sea bueno leyendo, y honesto, que no tenga miedo de herir sentimientos, dárselo a leer), juntar notas, considerarlas, luego atacar el segundo draft, dejarlo descansar, leerlo, corregirlo mientras se lee, dejarlo descansar, y luego retipearlo, por completo, imprimirlo y acomodarlo junto a la laptop o PC o máquina de escribir y retipearlo, palabra por palabra, reescribiendo las frases que no funcionan.

Aaron Sorkin, uno de los grandes aristoteleanos de Hollywood, le contó a Santiago en una cena del Writers Guild of America que él, al final, luego de escribir el tercer o cuarto draft, lo reescribe de memoria: abre un archivo en blanco y retipea el guión sin mirar el draft anterior ni de reojo.

La vida es como una caja de bombones, dijo Forrest Gump, o Eric Roth, el guionista que escribió <u>Forrest Gump</u>, otro aristoteleano hollywoodense, pero olvidó agregar que los bombones en su mayoría están rellenos de aire viciado.

¿Cuánto sale un pasaje a Los Ángeles?

Compro dos, en primera clase.

Que los pague el Writers Guild of America.

* * *

Ya nunca subimos ni bajamos; muy de vez en cuando doblamos a la izquierda o derecha.

Hace varias horas que el copiloto o cochofer tomó el lugar del piloto o chofer, y el piloto o chofer se hizo a un lado volviéndose de inmediato copiloto o cochofer.

No me parece un mal trabajo: vivir en la ruta.

Un sótano con ruedas.

No pertenecer a ningún lado; ser de todos lados y de ninguno.

Aunque no me gustaría estar a cargo de tantas personas.

Demasiadas horas de responsabilidad.

Y nunca aprendí a manejar.

Mi viejo intentó enseñarme, pero me distraía con facilidad; me aburría, y aburrirse manejando es causa de muerte; tenía dificultad para entender la velocidad; frenaba a lo bruto, o apenas tarde; me olvidaba de disminuir la velocidad antes de doblar; aceleraba cuando lo mejor era soltar el acelerador.

Mi viejo ganó una medalla a la paciencia.

Mi vieja tampoco maneja.

Cuando mi viejo murió, vendimos el auto y usamos parte de la plata para comprar dos bicicletas italianas carísimas que solamente usábamos los domingos a la mañana para pasear por la bicisenda de los bosques de Palermo, hasta que tres pibes con remeras de Milton Nascimento (los tres con la misma remera) nos pidieron que frenáramos y les diéramos las bicis, sin apuntarnos con nada, y mi vieja y yo les hicimos caso, dejamos las bicis en el suelo y salimos corriendo.

Luego, al llegar a casa, mi vieja me preguntó qué quería almorzar, y le dije que no tenía hambre, pero ella insistió con que había que comer algo, y se puso a cocinar unos huevos revueltos que al tragarlos me dejaban un leve gusto metálico al fondo de la lengua.

La señora a mi lado lleva poco más de una hora emitiendo un chasquido con la lengua.

El piloto o chofer, que hasta hace un rato había sido copiloto o cochofer, maneja de una forma mucho más brusca que el otro piloto o chofer, que ahora descansa en el hueco sobre la primera fila de asientos disfrutando de uno de sus privilegios de copiloto o cochofer.

Los carteles al costado de la ruta nombran lugares que no sabía existían y que en pocos minutos voy a olvidar.

Intenté dormir.

No pude.

Con los ojos cerrados conté doscientos veinticinco chasquidos.

Buenos Aires está cerca, se siente.

Cuando digo "Buenos Aires" digo "Capital".

Todos los porteños cuando dicen "Buenos Aires" dicen "Capital".

Santiago dormía tres horas por día.

A veces una siesta de treinta minutos luego de almorzar.

Amaba el número tres.

Los guiones debían tener noventa y tres, o ciento tres, o ciento trece, o ciento veintitrés páginas.

Me dijo que no había tenido otro hijo porque no quería romper el tres.

El guión que terminé hace un año, el que debía cambiar la historia del cine mundial, tenía ciento treinta y nueve páginas.

Un tres.

Un nueve que está hecho de tres treses.

Faltan tres horas.

No estoy seguro, pero digamos que faltan tres.

¿Cómo voy a viajar de Retiro a Belgrano?

¿En qué?

No tengo un peso en efectivo.

¿Se podrá pagar taxis con tarjeta como Santiago dijo que se permite en Estados Unidos?

Me cuelo en el subte.

Si me agarran, les digo que puedo pagar la multa con tarjeta, y de paso les pido que me vendan un pasaje.

Casi dos años tardó Santiago en volver; casi dos años entre mi pérdida de conocimiento y su reaparición en el sótano.

No sé cuánto de esos casi dos años usó para preproducir, cuánto para producir, cuánto para posproducir, cuánto para promocionar.

Casi dos años que viví agarrado al ukelele como el único tronco en un mar salvaje.

¿Cómo pude ser tan insensible de dejarlo en el sótano?

Casi dos años en los que prácticamente no pronuncié una palabra que no fuera letra de los Beatles o Spinetta.

Santiago coincidía en que Spinetta es el músico argentino que llegó más alto; incluso más alto que Piazzolla y Ginastera, muchísimo más alto que Atahualpa Yupanqui.

¿Habrá algún Santiago músico que esconde un compositor anónimo en un sótano lleno de instrumentos?

Santiago solía contarme cuánto le gustaba el jazz, pero yo sé que en el fondo lo detestaba.

Siempre le tuve miedo al jazz.

Intenté volverme adicto a Pat Metheny, como muchos de mis profesores y compañeros en la Escuela de Música de Buenos Aires, pero al final tuve que admitir (admitirme) que Metheny es demasiado bueno para mí.

Fue una suerte nacer en una época en la que no es necesario ser un genio, ni siquiera increíblemente talentoso, para dejar una marca en el mundo.

Cantidad no asegura calidad.

Quizá, una de mis mayores limitaciones tanto como escritor de literatura como de guiones fue la constante necesidad de un padrino, un guía, un escritor a quien seguir de cerca, con quien comparar todo lo que hacía, todo lo que los demás hicieron.

Nunca pude escribir sin la presencia de…

Presencia de no, reverencia a: sin reverenciar a.

Varias veces a lo largo de mi vida de escritor intenté escribir sin leer, sin reverenciar a, metí todos mis libros en una caja de cartón que mi vieja usaba para guardar las máscaras de los personajes de Disney y la escondí al fondo de la baulera, entre las valijas con las pertenencias de mi viejo que mi vieja aún no había podido regalar, y así me obligué a vivir varios días, sin libros, sólo con mis cuadernos y la PC, y al principio lograba avanzar en lo que fuera que estaba escribiendo, pero luego, a los pocos días, una ansiedad incómoda me subía del estómago cada vez que me sentaba a escribir, y el bloqueo se presentaba como un cuarto vacío con las paredes manchadas de humedad que iba reemplazando mi mente de a poco, y la necesidad de leer a otros me iba descomponiendo, empujando al sinsentido, escribir era de golpe un acto estúpido, una actividad imposible e innecesaria, y entonces corría a la baulera y sacaba la caja y volvía a acomodar los libros en su lugar.

Escribir es leer.

La mayor parte del tiempo que escribo la paso leyendo.

Al menos así fue hasta mi último año en el sótano.

La escritura de los dos primeros guiones para Santiago estuvo acompañada de diversas lecturas.

Luego, entrando en el quinto año de encierro, algo cambió.

Escribir escenas empezó a costarme un Perú.

No entiendo esa expresión: "Costar un Perú".

¿Cuánto cuesta Perú?

No creo que Perú cueste demasiado.

"Costarme un Vaticano."

Escribir se transformó en un trabajo, una profesión sumamente profesional.

Las constantes lecturas se fueron espaciando porque escribir me demandaba más y más esfuerzo, más y más concentración.

Mientras leía a otros pensaba que debería estar escribiendo y las palabras seguían de largo sin significado.

Leía la misma página tres veces, cuatro veces, el mismo párrafo, la misma línea.

Voy a comprar un kilo en Freddo de dulce de leche granizado.

* * *

Las ventanas del colectivo no pueden abrirse.

El único aire es el aire acondicionado.

Salí de un sótano sin ventanas para a las pocas horas encerrarme en un colectivo sin ventanas.

Santiago apareció en el sótano sin previo aviso; un gesto apretado, como si tuviese un canario en la boca y no quisiese dejarlo salir.

Me destapé rápidamente y me senté en el colchón.

No había taza de café.

No había platito con fruta.

No había laptop.

No había Globo de Oro.

No había Oscar.

La culata del revólver se asomaba tras su cadera derecha.

Santiago repasó el sótano con la mirada como si fuera su casa de chico a la que volvía luego de cincuenta años.

Posó los ojos en el ukelele:

Gustavo me dejó veinte mensajes pidiéndome que se lo devuelva. (Pausa.) Se te rompió una cuerda.

Asentí.

¿Hace cuánto?

Un par de meses. Tuve que aprender a tocar con tres. Al principio pensé que no iba a funcionar, pero…

Un buen número el tres.

Asentí.

Me contó Norma que te la pasabas tocando, dijo.

Asentí.

Joyce se habría burlado de Santiago en el Ulises si Santiago hubiese vivido en Dublín en 1904.

Se sentó en la heladera bajo mesada.

¿Y?, le pregunté.

¿Y qué?

¿Lo logramos?

¿Qué cosa?

Cambiar la historia del cine mundial.

¿Cuándo?

¿Cómo cuándo?

La historia del cine mundial es el desierto de Atacama, Pablo. ¿Cómo se cambia un desierto?

No entiendo.

Claro que no entendés, porque no hay nada que entender.

¿Qué tal Los Ángeles?

Bien.

¿Qué significa "bien"?

Linda ciudad. Buen clima. No llueve nunca.

Hablame de la película.

¿Qué película?

La nuestra.

Una sonrisa le tajeó la cara de oreja a oreja.

Noventa y siete millones, dijo. Más unos cincuenta en publicidad. Calculan que no vamos a recuperar ni un cuarto. El capo de Universal me dio la mano y dijo: Hasta acá llegamos. (Pausa.) Cometí un error garrafal, Pablo.

¿Qué pasó?

Te hice caso. Nunca debería… El mejor primer borrador que leí en mi vida. Las palabras se me incrustaban tras los ojos en imágenes perfectas. Un milagro, Pablo. Un puto milagro. ¿Cómo pudiste reescribirlo todo en dos semanas?

Una noche.

Mentira.

Lo reescribí en una tarde noche y madrugada. Pasé no sé cuántos días bloqueado, hasta que el domingo a la…

No importa. Un milagro. Me dieron ganas de llorar, y abrazarte, pero en tu cara había un… no sé… un pánico reprimido, algo mucho más urgente que mis ganas de llorar y abrazarte.

¿Tenés una copia?

No.

Me gustaría verla.

Se puso de pie, caminó hasta el baño, abrió la canilla, varios segundos del agua golpeando contra el lavabo, cerró la canilla, salió del baño.

No entramos en Cannes, dijo. La aceptaron en Un Certain Regard, que es lo mismo que no entrar en Cannes. Dos días antes del estreno llamé a Thierry Frémaux y le dije que no iba a ir. Le pedí que me perdonara, que había estado con neumonía y no pude terminar la posproducción. No me creyó. Percibí en su voz en el teléfono que no me creía. Decidí que lo mejor era no estrenar en festivales. Si no es la competencia oficial de Cannes, en Europa no queda nada. Estrenamos en Los Ángeles en septiembre. Una gala a todo trapo, la crème de la crème de Hollywood. En el Grauman's Chinese Theater. Catering de David Chang. En el cóctel, tras el screening, tocó John Scofield. Pero no fui al cóctel. Acusé dolor de cabeza. A la salida del teatro, los murmullos me helaron la sangre. Tuve que esperar meses con la película lista porque los de Universal decidieron estrenar cerca de fin de año. Decían que iba a ayudar con las nominaciones. Una película aún fresca cuando los viejos de la Academia arrancan a votar.

Podrías haber venido durante esos meses, visitarme, traerme la laptop, libros. No sabés lo difícil que fue aguantar estos casi dos años solo con mi ukelele.

No es tu ukulele.

De alguna manera sí.

No.

Preguntale. Preguntale si quiere volver con Gustavo o quedarse conmigo.

No importa, Pablo, se va con Gustavo.

Preguntale.

Se me acercó y me puso una mano en el hombro.

No solía acercarse tanto a mí.

Sólo recuerdo dos abrazos: el primero hace años, luego de apuntarme con el revólver y girar el tambor y disparar, y el segundo la noche que bajó borracho con el Oscar a la mejor película extranjera.

Solía mantener la distancia, como si en todos estos años no hubiera terminado de desarrollar una confianza plena en mí.

Me apretó el hombro con sus dedos de no escritor, y luego acercó su cara a la mía, pensé que iba a darme un beso en la boca, pero no, me olfateó la barba, y tosió, y me preguntó cuánto hacía que no me bañaba.

Meses, le dije.

¿Cuántos meses?

No me acuerdo.

Olés a vagabundo de Constitución.

Dudo de que Santiago haya estado en Constitución, y menos que se haya acercado a un vagabundo.

Se alejó hacia la pared del rectángulo de luz y apoyó la cabeza contra el cemento, dándome la espalda.

Le dije que Norma se había portado muy mal conmigo.

Le pido libros y no me los trae, le dije. Le pido una hoja para escribir y…

Me contó del abuso, dijo.

¿Qué abuso?

Me dijo que intentaste… ¿Sabés una cosa? Lo entiendo, Pablo. No te culpo.

Pensé que el aburrimiento iba a matarme, le dije. Me sumergí en el más profundo aburrimiento, Santiago. Los días duraban semanas, y al final hasta meses. Cuando me iba a dormir, fuera la hora que fuese, contaba la cantidad de días que había durado ese día. Noventa y cinco fue el récord. Un día de noventa y cinco días.

Noventa tiene treinta treses, dijo.

El olor a chivo aceptó ser mi mejor amigo. Mi <u>segundo</u> mejor amigo, porque mi mejor amigo es Uke.

No tenés la más puta idea, ¿no?

¿De qué?

De lo que escribiste.

¿Qué escribí?

El guión. La reescritura. ¿Realmente en una noche?

Una tarde noche y madrugada.

Increíble. Un salto descomunal. ¿Habías tomado algo?

No.

El ayuno. Tal vez fue eso. Un borrador budista. (Pausa.) El doctor Miranda se ocupó de todo. Piedras en la vesícula. Excesos de mediocridad que se fueron acumulando, dejando que el genio se desparramara por las páginas, solamente el genio, lo otro se amontonó en tu vesícula. Me dijo el doctor que nunca había visto piedras tan grandes.

¿Qué me dieron?

El doctor ya no existe, Pablo. Se puso un palo en la ruta, camino a Chos Malal. Una pena. Buen tipo el doctor.

Si alguien pudiese recuperar los terabytes de pensamientos que pasaron por mi mente (flashes de estupidez y miedo y desesperación) y bajarlos a un disco rígido externo de gran capacidad de almacenamiento…

Una Molly Bloom ensotanada.

La farsa del monólogo interior.

Ejercicio artificial del pensamiento.

Plagio de las cartas de Nora, la mucama de hotel de Joyce.

Más real que…

Mucho más real que la pila de pensamientos que fui acumulando y perdiendo en estos casi dos años de tedio.

El lunes al mediodía lo volví a leer, dijo Santiago, y me pareció aún mejor. Sólo tomé un par de notas que supuse la traductora podría corregir. Y supuse bien. El mismo lunes a la noche salí para Nueva York. El martes cené con la traductora en un restaurante muy bueno del East Village, Saxon and Parole, o

Saxon más Parole, y le prometí paga doble si traducía el guión en cinco días. Hizo un trabajo admirable. Como mi inglés no es de confiar, se lo di a leer a mi manager y mis agentes, y los tres me llamaron a las pocas horas para felicitarme y decirme que era uno de los mejores guiones que habían leído en mucho tiempo. Lo volví a leer esa noche, y a la mañana siguiente llamé a la traductora para pedirle unas últimas correcciones, y no tardó en mandármelo otra vez, corregido, y de obsesivo que soy lo volví a leer, y al terminar se lo mandé a los actores. La respuesta tanto de Jack como Meryl como Sean fue inmediata e increíblemente positiva. Jack me propuso que le ofreciera el papel de Lisa a Jennifer Lawrence. Mis agentes se pusieron en contacto con los de ella, y, tras confirmar que estaba libre los meses que yo pensaba filmar, le hicimos llegar el guión. Jennifer me llamó a la mañana siguiente para decirme que sin dudas estaba adentro, y que había sido una de sus lecturas más emocionantes por lejos desde que empezó a trabajar en Hollywood. Tanto positivismo terminó de convencerme, Pablo. Estuve a punto de llamarte para… (Pausa.) Nunca te traje el libro con lecciones para aprender a tocar el ukelele.

No, no me lo trajiste.

Lo tengo arriba. ¿Cómo hiciste para sacar tantas canciones sin…?

Todo el tiempo del mundo, le dije. Y aunque mis dedos dejan mucho que desear, mi oído es más que respetable. En la escuela de música mi oído era de los mejores oídos, pero mis manos de las peores manos.

Un milagro, Pablo. La nueva Smultronstället.

¿Qué cosa?

Bergman. Wild Strawberries. Fresas salvajes. Frutillas salvajes. Cuando huye el día. Un guión que debería publicarse en forma de libro. Ciento treinta y nueve páginas. Les avisé a los financistas que iba a necesitar veintisiete millones más. No se opusieron. Felices con el guión. Exultantes. Pensé en contarles que lo habías escrito vos. No, ¿te imaginás el lío que se hubiera armado? Filmamos en Nueva York. Dos meses de preproducción, sin descanso los fines de semana. Cuatro meses de filmación, de lunes a viernes. Todo en escenarios naturales. Scouteamos la ciudad entera. Manhattan, Brooklyn, Harlem, Bronx, Queens. Les pedí a los actores que vivieran en los mismos departamentos donde vivían sus personajes. Se quejaron, les pareció una locura, pero los convencí. Sean Penn vivió cuatro meses en un monoambiente en Harlem. Meryl Streep en su mansión en West Village. Aunque una mansión en Manhattan es una casa grande en cualquier otra parte del mundo, y ni siquiera es una casa, un edificio de departamentos ambientado como casa. Le pregunté al jefe de locaciones cuánto salía comprarla y me dijo diecisiete millones. Yo me instalé en un tres ambientes con vista a Central Park. No sé para qué los tres ambientes. Hilario no vino a visitarme. Antes de arrancar con la preproducción, pasé unos días en Punta del Este. Me trataron bárbaro, tan bien que me hicieron sentir innecesario. Me decían siempre que sí, como a los locos. Me parece que lo habían planeado. Hilario actuó su papel a la perfección, convertido en el hijo del forro. Mi ex me preguntaba en el desayuno cómo venía la película. Me di cuenta de que no le interesaba. A ninguno de los tres le interesaba en lo más mínimo lo que yo hiciera con mi vida. Un fantasma. Un fantasma deplorable. Una sábana blanca manchada de caca con dos agujeros para los ojos. Una noche, mientras dormían, metí mis pocas cosas en la carryon y me fui al Conrad. Desayuno continental, nadada, esa misma tarde a Montevideo, y un avión a Nueva York. La filmación fue un placer. Primera vez en mi vida que no me voy de presupuesto.

Ni un contratiempo con los actores. De los ochenta y ocho días de filmación, en sólo uno usamos horas extra. Almorzaba los lunes con los actores, los martes con el director de fotografía y su equipo, los miércoles con la vestuarista y su equipo, los jueves con la maquilladora y su equipo, los viernes con el asistente de dirección y los meritorios. Los fines de semana salía de joda con los de Universal, y los financistas si venían de visita. Los domingos a la mañana iba a dar vueltas en bici por Central Park, al mediodía me comía una hamburguesa en el Corner Bistro, compraba discos de vinilo en Bleecker Street. Cuatro meses de puro placer. La primera vez que disfruto un rodaje, Pablo. Invité a mi vieja a que pasara unos días en Nueva York conmigo. Se quedó en mi depto. Se sentaba detrás de mí frente al <u>video assist</u>, a la mañana, porque después del almuerzo se empezaba a quedar dormida y le pedía a mi chofer que la llevara al depto a dormir la siesta.

La señora a mi lado se acaba de despertar, me preguntó dónde estábamos.

Cerca, le dije.

Contraté a Pablo Barbieri, el mejor editor argentino, para encarar la posproducción, dijo Santiago. Pensé en armar una isla de edición acá, en San Martín, arriba, en uno de los cuartos vacíos. Pero al final trabajamos en Los Ángeles. Veinticinco grados perpetuos. Nos cagamos de risa con Pablo. Aunque la necesidad de tener la película lista antes de Cannes nos ponía un poco de presión. Empezamos a trabajar de noche, después de cenar, de once a cuatro de la mañana. Hablé con Thierry Frémaux y me dijo que no me preocupara, que ignorase la fecha final de entrega, que le mandase la película terminada directamente a él. A pesar de las ciento treinta y nueve páginas de guión, la película editada calzó justo en los ciento veinte minutos. Otro milagro. La primera vez que no rompo las dos horas. Ciento diecinueve minutos con treinta y tres segundos, incluidos los créditos. Escrita y dirigida por Santiago Salvatierra. Música de Philip Glass. Director de fotografía, Claudio Miranda. (Pausa.) Cuando Frémaux llamó para contarme que la película había entrado en Un Certain Regard, sentí que la historia del cine me daba la espalda. Una historia del cine que siempre me había hablado de frente, ahora giraba hasta darme la espalda y me hablaba sin siquiera torcer la cabeza. Le agradecí, le dije que era un honor, mientras pensaba qué excusa poner para salirme de ese festival de mierda.

El colectivo se atasca en un tráfico que existe debajo de nosotros.

Calles que sueñan con San Martín de los Andes como de chico soñaba con la casa nevada de Papá Noel.

Anita de la mano de un hombre que derriba árboles con la cabeza.

Me fui a Grecia, dijo Santiago. Quería alejarme de la película. Ya estaba lista, editada, el color corregido, la mezcla de sonido sellada. Antes de irme, invité a los actores al screeningroom de Universal y les mostré el corte final. Reaccionaron con frialdad. Sólo Sean intentó convencerme de que era una obra maestra. Suerte en Grecia, me dijo, te merecés unos días de vacaciones, olvidate, olvidate de todo, cuando vuelvas nos zambullimos en la promoción. Meryl recibió una llamada en su celular y salió a hablar al estacionamiento y no la volví a ver. Jennifer me dijo que iba con dos amigos a almorzar sushi, me preguntó si quería ir con ellos, pero le dije que no, gracias, tengo un compromiso. No tenía ningún compromiso. Jack se pasó toda la película cagándose de risa, y, como sabés, no hay mucho de lo que reírse en esa película. Al final me dijo: "Funny, funny stuff", y se fue.

El colectivo ya no avanza, se mueve hacia delante pero no avanza.

El piloto o chofer comparte un mate con el copiloto o cochofer.

Viví tres meses en el Chateau Marmont, en una de las cabañas que rodean la pileta, dijo Santiago. No hice nada que no fuera dormir, nadar y comer. No salí del hotel. No vi películas ni televisión. Intenté releer <u>Otras inquisiciones</u>, pero no pude pasar de "La esfera de Pascal". Leí "La muralla y los libros" como setenta veces. Me vestía con ropa de gimnasia y caminaba hasta el gimnasio y agarraba una toalla y programaba la cinta para correr y enseguida la apagaba y tiraba la toalla en el canasto y volvía a mi cabaña. Me hice noventa pajas. Marqué el número de Hilario noventa veces, y las noventa veces corté antes de que empezara a llamar. Arrancamos con la campaña de promoción a finales de agosto. Toneladas de pósteres desparramados. El *trailer* en YouTube, en Facebook, en la tele, en las pantallas de los taxis. Di entrevistas a <u>Variety</u>, <u>Hollywood Reporter</u>, <u>Deadline</u>, <u>New York Times</u>, <u>LA Times</u>, <u>Huffington Post</u>. Aparecí en <u>Charlie Rose</u>. Una semana antes de estrenar, los actores visitaron todos los talkshows, los de la mañana y los de la noche. Jennifer fue host de <u>Saturday Night Live</u>. El martes proyectamos la película para la prensa. Me pidieron que participara de un Q&A, pero les dije que mejor no. Ni me asomé por la sala. El viernes a la mañana aparecieron los reviews. Nadie me llamó. Nadie intentó convencerme de que los críticos hoy en día no influyen en el público, no tienen peso alguno. Nadie me invitó a un bar a ponernos un buen pedo y… (Pausa.) En Rotten Tomatoes: siete reviews frescos, sesenta y cuatro podridos. Casi todos los reviews, los buenos y los malos, rescatan el guión. La originalidad. Una fuerza nueva. Que no funciona del todo, pero abre puertas. Un silencio de velorio esperando las nominaciones. Los de Universal me dijeron que estaban haciendo lo posible. Me rogaron que asistiera a las cenas de la Academia, a los cócteles de la Hollywood Foreign Press Association. Volví a Nueva York. No salía del hotel. Una cadena llamada Dream, Dream Hotels, que es como vivir en una disco en South Beach. Pero no pedí que me cambiaran a otro. Caminaba por el Meat Packing District buscando boludeces para comprar. Me pegaba tres duchas al día. Me ponía el traje de baño, las ojotas y la bata, y bajaba a la pileta, y si encontraba a alguien en el agua o tomando sol, aunque fuera una sola persona, aunque estuviese dormida en la reposera, volvía al cuarto. Las nominaciones son presentadas por actores en la cadena CBS a las ocho de la mañana hora del este. No prendí la tele. Me quedé en la cama, bajo el acolchado, sonándome los nudillos. Nadie me llamó. Ninguna de las dos mañanas. Luego leí en <u>Variety</u> que sólo Meryl había sido nominada a actriz de reparto. Me quedé un mes más en Nueva York, un depto en Hell's Kitchen con vista al Hudson. Hablaba solamente en español. Compraba sándwiches en un deli en la Cuarenta y tres y la Diez, y charlaba un rato con el cocinero mexicano, Antonio, un padre de treinta y tantos años, su familia vivía en Matamoros, mujer y cinco hijos, apenas más alto que el mostrador. Me hice ver la rodilla izquierda, me suena cuando la flexiono. Pagó el Writers Guild of America. El médico me recomendó que me operara. No entendí exactamente cuál es el problema. Una noche cené con Manu Ginobili en un restaurante argentino en Alphabet City. Me dijo que había visto la película y le había gustado. No le creí. En Strand compré los siete tomos de Proust. Me dispuse a leer uno por semana, cien páginas por día. No pasé de la página doce del tomo uno. En Europa tuvimos mejores reviews. Francia encontró la película interesante. Italia no tanto. Inglaterra nos ignoró, ni una nominación a los Bafta. En España la nominaron al Goya, no me acuerdo en qué categoría. Me rogaron que fuera a la ceremonia, pero les dije que… Un problema de salud. Otra vez la neumonía. No sé. (Pausa.) Mañana se estrena acá, en Argentina. Nadie sabe que vine a San Martín. Mi publicista le informó a la prensa que estoy de vacaciones en Grecia. Cnosos.

Ya no hay ritmo ni melodía en la uña contra el vidrio, un ta ta ta ta ta ta ta ta destinado a volverme loco.

Acabo de ver el póster de una película en una parada de colectivo; me pareció notar la cara de Meryl Streep, aunque Streep suele trabajar en varias películas por año.

Antes de bajar al sótano, hablé un rato con Hilario, dijo Santiago. Me dijo que aún no había visto la película, que ahí en Punta del Este se estrena la semana que viene. Creo que me mintió. Hilario baja todo lo que ve y escucha de Pirate Bay, y la película existe en esa página hace tiempo. Cientos de miles de bajadas. Cientos de miles de personas que no pagan lo que deben pagar para que el arte siga siendo lo que... Millones de personas que me metieron la mano en el bolsillo y me robaron, y que no tienen los huevos de mostrar la cara y asumirse ladrones. Internet va a terminar destruyéndolo todo. No sólo el arte, todo. La falsa idea de que internet fomenta la democracia, que le da poder al pueblo. Bueno, quizá de alguna manera es verdad, le otorga un cierto poder al pueblo, pero a qué pueblo. La mayoría de la gente es antiartística. La mayoría de la gente es vaga como la mierda. No sólo en esta parte, no, en el mundo entero. Internet le dio el poder a la gente, y la gente no sabe qué hacer con ese poder más que liberar sus miserias, sus odios, su rabia, sus mentes pedorras, sus almas podridas. Internet, ayudada por Facebook y demás, le dijo a la gente: Ustedes son los artistas, ustedes, y sus vidas son sus obras de arte, sus películas y libros, sus pinturas, sus esculturas, sus obras de teatro, así que olvídense de las películas y libros, olvídense de las pinturas, de las esculturas, de las obras de teatro, y mírense, muéstrense. Y la pobre gente les hizo caso, se comió la mentira, y se pasan la vida mirándose y mostrándose, alimentándose con su arte de mierda que no es arte, un arte que está matando el arte, una nada tan fascinante que... y al mismo tiempo llenan las arcas de los hijos de puta que inventaron el juego, que los convencieron de que... que los... que...

Archivo de Final Draft

Un bar frente a los cines Multiplex de Vuelta de Obligado y Mendoza.

Encontré una mesa al fondo junto a la única pared con enchufe de tres patas.

La película empieza en una hora.

Sala casi llena, según el ticketero.

Aunque ya es de noche, me pedí un café con leche con tres medialunas de manteca; las únicas tres que quedaban, una medio quemada.

No sé por qué, cuando el mozo me trajo el menú (un menú que incluye un sospechosamente fuera de lugar risotto de hongos), en lo primero que pensé fue en un café con leche con medialunas de manteca.

Estoy a quince cuadras del departamento de mi vieja.

El barrio no cambió mucho.

Siete años en un sótano que pertenece a un sueño.

Un sueño que debería ser pesadilla.

Un sueño agridulce.

No uno de esos sueños a los que se quiere volver desesperadamente al despertar.

Un sueño que es mejor dejar atrás, pero al que no le tengo miedo, no me va a perseguir a lo largo de la vida, no se va a insinuar en los espejos y las puertas ligeramente abiertas.

Un sueño que quizá sea un regalo del ya no más grande director de cine latinoamericano ni mundial de todos los tiempos.

Las medialunas sólo valen la pena si las mojo en el café con leche.

Tres segundos de café con leche convierten el mazacote en delicia.

Se me escurre por las comisuras.

Usé cinco servilletas de papel.

El ticket también es de papel; sigue siendo de papel.

Miles de árboles derrumbados para que miles de personas aburridas puedan entrar en miles de salas de cine a ver miles de películas de mierda.

Uso mucho la palabra «mierda».

¿Santiago usaba mucho la palabra «mierda»?

Uso mucho la palabra «mucho».

Santiago pronto va a ser mierda.

¿Norma habrá llamado a la exmujer, al hijo, a la madre de Santiago?

La madre de Santiago es una de esas personas que al verlas en una foto te ponen los pelos de punta.

Del cine a la vereda surgen distintos rostros que son uno solo: el de alguien que fue a visitar a una bruja con la esperanza de obtener un vaticinio que no obtuvo.

Podría pararme en la puerta de la sala, junto al señor o señora que corta los tickets y entrega los programas, a decirle a cada uno de los espectadores que yo escribí la película, esta película, la que están a punto de ver; que Santiago Salvatierra me secuestró y me mantuvo encerrado en un sótano, contra mi voluntad, obligándome a escribirle guiones, aunque no este guión, no no, el guión que sirvió para filmar la película que están a punto de ver no es resultado del secuestro, no, no no no no, el guión que sirvió para filmar la película que están a punto de ver surgió del... del... de la... de la... del... no no no.

Sala 1, la más grande.

Una fila de gente que va creciendo a medida que el café con leche se enfría.

¿Es falta de respeto comprar pochoclos para ver una película que debía cambiar la historia del cine mundial y no la cambió?

Beckett cambió la historia de la literatura mundial con obras que no debían cambiar nada: es decir, que no fueron concebidas (¿concebidas?)... *escritas* con la intención de cambiar un carajo.

Obras que cambiaron la historia de la literatura mundial porque merecían cambiarla, no porque *debían* cambiarla.

Aunque ahora que lo pienso, no estoy tan seguro; quizá Beckett sí escribió esas obras con la intención de cambiar la historia de la literatura mundial; obras (en especial su trilogía que no es una trilogía) que se esfuerzan por aniquilar de una vez por todas la novela, y el cuento, e incluso el ensayo filosófico.

Beckett no hubiera aceptado coescribir guiones de cine con directores que no saben escribir, no hubiera aceptado coescribir, pero eso es no entender la naturaleza del cine, el arte colaborativo por excelencia.

Nunca esperé ni demandé que Santiago me diera el crédito de «Escrita por» en soledad, sólo esperaba, deseaba (aunque tampoco lo demandé), que pusiera mi nombre debajo del suyo: «Escrita por Santiago Salvatierra y Pablo Betances», o «Santiago Salvatierra & Pablo Betances».

En este tercer guión se podrían (deberían) haber invertido los nombres: «Escrita por Pablo Betances & Santiago Salvatierra».

Pablo Salvatierra & Santiago Betances.

Pablo Santiago & Betances Salvatierra.

Betances Salvatierra suena a jugador de baseball de las Grandes Ligas.

Lo bueno del deporte es que ningún deportista puede adjudicarse un éxito que no logró motu proprio.

Sanpablo Salvances & Tiago Betierra.

El problema, supongo, es que Santiago necesitaba el crédito de «Escrita y dirigida por»; lo necesitaba tanto como para secuestrar a un desconocido y forzarlo a escribir a punta de pistola, es decir, de revólver.

El título original de la película es *Ad Fundum*, que en latín significa «al fondo», o «hacia el fondo».

Supongo que Santiago habrá luchado para que no lo cambiaran al traducirlo; se habrá peleado con los distribuidores del mundo como hizo con las películas anteriores, implorándoles, no, instigándolos a dejar el título como está.

Pero acá en Argentina no le dieron bola, la película en los Multiplex Belgrano se titula *Abriéndose camino*.

Santiago usó expresiones en latín para varias de sus películas; mi expresión favorita, el título que más me gusta, es *Quidam*, que significa «alguien», pero alguien de poca importancia, alguien indeterminado.

Una fila de *quidams* esperando ver mi película.

Pagué el café con leche y medialunas con la tarjeta de Santiago.

Pensé en salir corriendo cuando el mozo se alejó con la tarjeta, pero me quedé quieto, con los ojos en la laptop pero sin tipear nada, leyendo lo que escribí pero sin leerlo, convencido de que la policía iba a entrar al bar con ametralladoras y chalecos antibalas.

Oigo a lo lejos las campanas de una iglesia.

No, es el celular del encargado que vuelve con la tarjeta de Santiago y mi factura.

Un señor en la mesa de al lado pidió el risotto de hongos; tiene buena pinta.

Santiago le dejó al mozo un cuarenta por ciento de propina, luego sacó el revólver y me apuntó.

¿Se dice «risotto de» o «risotto con»?

Si *risotto* significa solamente «arroz», entonces debería ser «con».

Si *risotto* denomina el plato en su totalidad, entonces debería ser «de».

Se lo puedo preguntar al encargado.

No sé por qué levanté las dos manos, como si estuviese en un banco que un ladrón completamente calvo entró a robar.

Bajá las manos, dijo Santiago.

Dejá de apuntarme y las bajo, le dije.

¿Qué fue lo que hiciste?

¿Cuándo?

¿Qué cambiaste en tu forma de…? ¿Qué fue lo que me convenció? Lo más increíble es que no dudé ni un segundo. Me fui a dormir esa noche convencido, y a la mañana siguiente lo volví a leer y me volví a convencer. No, no me volví a convencer porque ya estaba convencido, lo volví a leer y el convencimiento se fortaleció. Pero ese guión era un engaño. Me engañaste, Pablo. No sé cómo, y eso es lo que necesito que me expliques. ¿Es eso lo que estuviste haciendo todos estos años? ¿Aprendiendo a engañarme? Estudiándome. Leyéndome. ¿Siempre hizo tanto calor en este sótano?

Intenté explicarle que… empezar a explicarle que… aunque no sabía lo que tenía que explicar… pero Santiago me interrumpió, me dijo que evidentemente mi mayor talento era el engaño.

No sos un artista, Pablo, dijo, sos un ilusionista. Un guión que es un truco de cartas. Nunca hubiera imaginado cuando te contraté que…

¿Me contrataste? ¿Dónde está ese contrato, Santiago? ¿Cuál es mi sueldo? No me llegaron los cheques.

Me acercó el revólver a la cara.

Éste es el contrato. Acá dentro está tu firma, tu nombre. Sólo tengo que girarlo y saber cuál es tu sueldo.

Giró el tambor.

Otra vez.

Otra.

Otra.

¿Sabés qué fue lo que más me jodió?, dijo. Que los financistas, que por primera vez no pusieron ni un peso de más, tras ver la película se mostraran tan parcos, tan llenos de lugares comunes, tan… No, eso no fue lo que más me jodió. Lo que más me jodió fue no darme cuenta. No haberme dado cuenta.

Mientras Santiago hablaba, giraba la muñeca de la mano que sostenía el revólver, el cañón apuntando a distintas partes del sótano.

Si los críticos dicen que lo único rescatable de la película es el guión, dijo, entonces lo único que no vale la pena es el guión. Todo lo que los críticos alaban es lo peor, siempre lo peor, y lo que critican lo mejor, siempre lo mejor. Los críticos funcionan a contramano. Hay que ir a ver películas que en Rotten Tomatoes se pudrieron. Sólo películas podridas, las que huelen a forúnculo explotado.

En veinte minutos empieza, voy a perderme las colas.

¿Por qué se les dice «colas» a los *trailers* de películas?

¿*Trailer* no significa remolque?

¿Por qué se les dice «trailers» a los *trailers* de películas?

Podría conectarme a internet y ver el remolque de *Ad Fundum*.

No puedo conectarme a internet, el wifi de la laptop no funciona.

De haber podido conectarme, hubiera chequeado mi cuenta de mail, googleado qué dijeron los medios de mi desaparición, cuántos días duró la búsqueda; podría haber googleado a mi vieja, aunque lo más probable es que no hubiera encontrado nada, porque mi vieja, al igual que yo, no existe en internet, es decir, no existe.

Basta.

Voy a salir del bar y abrirme camino.

Hacia el fondo.

Programa de cine

Encontré una birome en el suelo.
Escribo en el margen derecho de
la publicidad de la
nueva película de Woody Allen,
escrita y dirigida por Woody Allen,
actuada por Woody Allen,
¿quién necesita otra película de Woody Allen?,
¿quién necesita otra película?
No compré pochoclo.
Una pareja sentada a mi derecha
devora manotazos de pochoclo
que arrancan de un balde de plástico
con personajes de Toy Story.
La palabra "pochoclo" siempre me recuerda
al amigo puto de Aquiles en la Ilíada.
Uso mucho la palabra "siempre".

Con qué facilidad decimos "siempre" y "nunca".
Esto ya lo escribí en otro lado.
Terminó el último trailer
y la caricatura de un teléfono celular
nos rogó que pusiéramos
nuestros celulares en silencio.
No tengo celular.
Una caricatura de pochoclo o mandíbula
debería rogarles a los que comen pochoclo
que pongan sus mandíbulas en silencio.
Se van apagando las luces
que ya habían disminuido en intensidad
luego de los comerciales
y antes de los trailers.
Sala oscura, pero no del todo.
Veo las cortinas a los costados
que se abren aún más
expandiendo la pantalla.
Una película no apta para
menores de trece años.
PG13.
El logo de Universal.
Negro.
Sonidos de tráfico.
Ad Fundum.
Debajo, subtitulado:
Abriéndose camino.
Plano abierto de una avenida
en Nueva York.
Otra película que empieza con
un plano abierto de una avenida

en Nueva York.
La mitad del cine de Hollywood
empieza con un plano abierto
de una avenida en Nueva York.
¿Cómo abría el guión?
¿Cuál era el primer plano,
o el primer encabezamiento?
Por suerte no se imprimen en la pantalla
las palabras "New York".
Odio que impriman en la pantalla
el nombre de la ciudad,
o el año,
donde sucede la escena.
Basta de tratar al espectador
como un bebé imbécil.
En las próximas dos horas
no se va a cambiar
la historia del cine mundial.

Sticky amarilla

Las dos de la mañana.

Estoy sentado en la entrada del edificio, tipeando esto en una de las *stickies* amarillas de la laptop.

Las *stickies* pueden ser azules, verdes, rosas, grises o amarillas.

No sé por qué las llamo «las *stickies*» y no «los *stickies*», dudo de que la palabra «stickies» tenga género.

Salí del cine a las once y cuarenta y cinco y caminé lentamente hasta el edificio.

Me costó decidirme a tocar el portero eléctrico.

Pensé en preguntarle por mi vieja a una mujer que salía, pero la dejé pasar y alejarse hacia la esquina donde paró un taxi.

El portero eléctrico es distinto.

Me parece que es distinto.

Me temblaba la mano cuando toqué el cuarto B.

No atendió nadie.

Esperé.

Toqué otra vez.

Nadie.

Esperé.

Toqué otra vez.

Nadie.

Nadie entró ni salió.

Pensé en tocar otro departamento, pero por alguna razón no lo hice.

La temperatura bajó considerablemente: el suelo helado, al igual que el vidrio de la puerta que soporta mi espalda.

La laptop sobre los muslos como en los viejos tiempos del sótano.

No pasa demasiada gente por la vereda.

Los pocos que pasan quieren atacarme y robarme la laptop, pero a último momento se arrepienten, siguen de largo, como si no me hubieran visto.

Nadie me ve.

Es probable que cuando mi vieja llegue pase a mi lado y entre al edificio sin notar que estoy acá, en el suelo, tipeando acerca de ella, acerca del miedo, cuánto miedo, vieja.

Diecinueve por ciento de batería.

El día que nació mamá: 19 de noviembre.

Papá nació el 13 de abril, el día que nació Samuel Beckett, cuarenta años después.

Tal vez uno de los que pasó caminando era Lisandro.

¿Seguirá viviendo acá a la vuelta?

Puedo ir y tocarle el portero.

Puedo ir y tocar todos los porteros de la cuadra, despertar al barrio, gritarles la verdad, contarles que Santiago me cagó, nos cagó, se cagó.

Ad Fundum no fue dirigida por Santiago Salvatierra.

No sé quién fue el que se puso tras la cámara.

Un impostor.

* * *

¿Cómo pude convencerme de que un guión reescrito por completo en unos pocos días estaba listo para ser filmado?, dijo Santiago.

Horas, dije.

¿Qué?

Ya te lo dije, lo escribí en una tarde noche y madrugada. Doce horas. Ciento treinta y nueve páginas en doce horas.

Me apuntó a la entrepierna:

Lo decís como si te enorgulleciera.

No. Porque ignoro lo que escribí en esas doce horas. No se puede estar orgulloso de algo que se ignora. Sí me enorgullece haber podido escaparme del desgano y la parálisis, y haberme sentado a escribir y no parar hasta terminarlo. Pero qué es lo que leíste esa mañana de lunes, no tengo la menor idea. La verdad es que… Dejá de apuntarme a los huevos. La verdad es que pensé que te habías ido a trabajar con otro guionista, que me habías abandonado, y que Norma iba a bajar en cualquier momento y matarme de un tiro en la cabeza.

Giró el tambor y apuntó al rectángulo y disparó.

Clic.

No hay otro guionista, dijo. Yo soy el único guionista. Vos tipeás y yo escribo. Esta película ya estaba escrita, Pablo. Te la serví en bandeja. Sólo tenías que tipearla, de la misma manera que tipeaste los dos guiones anteriores. Te di tiempo. Dos semanas. Dos semanas para tipear el tercer acto y mitad del…

Basta, Santiago. No digas «tipear». No existe esa palabra. Bajá el diccionario de la Real Academia y fijate. Pienses lo que pienses, imagines lo que imagines, no escribiste esos guiones. *Yo* los escribí. Yo. Ni vos, ni Peter Shaffer, ni Aristóteles. Yo. El boludo al que estás apuntando a los huevos. Los guiones son de los dos, tuyos y míos, pero los escribí yo. Yo elegí cada palabra. Elegí cada encabezamiento y didascalia y paréntesis y diálogo. Discutir una escena durante dos horas no es escribirla. Es ser parte de la escena. Es decir, esa escena te pertenece en parte. Pero no es escribirla. No entendés lo que es sentarte por horas frente a una página en blanco, como un nene bobo ante una pintura de Miró en la que no hay nada, esperando que…

¿No lo entiendo? ¿Te pensás que nunca lo intenté? Día tras día tras día. Pero eso no es lo importante. Estás confundido, Pablo. Escribir el guión no es escribirlo. El guión no es más que una guía para una película. Una película que yo tuve en la cabeza mucho antes de que la escribieras. Una película que te di para que escribieras. Vos pusiste en palabras las películas en mi cabeza para que yo pudiera filmarlas, para que los miembros de mi equipo entendieran cuáles eran las películas que estaban en mi cabeza y que entre todos teníamos que pasar a film de dieciséis o treinta y cinco milímetros o al disco duro de la cámara. Lo que la gente ve en el cine es la sombra de una sombra. Y lo más triste, lo que me rompe el corazón cada vez que termino de filmar una película, es saber que la gente nunca va a tener la posibilidad de entrever cuál era la película original, la que estaba en mi cabeza, una película infinitamente superior a esa tercera versión que vieron en el cine. Haneke dijo que si al terminar una película había logrado el cuarenta por ciento de lo que tenía en su cabeza era el hombre más feliz del mundo. No dijo «feliz». Haneke nunca usaría la palabra «feliz». No sé qué palabra usaría.

Sonrió, y me apuntó a la cara:

¿Sabés por qué me mato trabajando en cada una de mis películas?

Me quedé callado, no era una pregunta que Santiago pretendía que contestase.

Porque sé que si no me mato trabajando las películas van a ser farsas, dijo, imitaciones baratas de algo glorioso. Me mato trabajando porque es la única manera de sacar afuera un sesenta por ciento del original. Darle a la gente un sesenta por ciento. Menos del sesenta es una farsa. Las películas de Haneke son farsas. Farsas excepcionales, increíblemente bien hechas, fabulosamente escritas y dirigidas y actuadas. Nunca menos del sesenta por ciento, Pablo.

Nunca hasta ahora.

La película que acabo de ver, *Ad Fundum*, *Abriéndose camino*, no es ni el treinta por ciento de mi guión.

Santiago no se mató trabajando en la película que debía cambiar la historia del cine mundial.

Es imposible que se haya matado trabajando en la película que acabo de ver.

Una de esas películas perfectamente hechas, perfectamente dirigidas y actuadas, perfectamente editadas, perfectamente iluminadas, que al mismo tiempo no valen nada; el peor tipo de película.

Es mejor hacer una mierda, una película que enfurezca a la gente, que una mediocridad.

No sé si «mediocridad» es la palabra correcta.

Una película buena, muy buena en algunos aspectos, que al mismo tiempo es insignificante.

Una película que tiene todo para funcionar pero no funciona.

Lo único no perfectamente hecho es el guión.

Un guión que falla por todos lados, pero que al mismo tiempo es lo único vivo en esa película.

La filmación del guión fue un embalsamamiento.

Un cuerpo vivo e imperfecto fue convertido en cuerpo muerto y perfecto, eterno; eterno al pedo.

La obsesión del humano por eternizar obras de arte que algún día van a reventar como los dinosaurios.

Excepto por la «Tomorrow Never Knows» de Lennon.

Todos vamos a reventar.

Mi vieja, Lisandro, Norma y Paul McCartney.

Yoko Ono en un aullido agudo de estupidez.

Mi guión se merecía ser dirigido por el mejor Santiago Salvatierra.

No, por el mejor Fellini; probablemente el más grande director de todos los tiempos; un artista inmenso e inigualable que, al igual que Santiago, entendía su trabajo de director como el de Cristóbal Colón tratando de comandar a una tripulación que sólo quiere pegar la vuelta.

Fellini supo colaborar con más de un guionista.

La dolce vita fue coescrita por cinco personas, incluida la colaboración fantasma de Pasolini.

Ocho y medio fue coescrita por cuatro personas.

Amarcord por dos.

Ginger y Fred por tres.

Y nadie le quita mérito a Fellini como artista por haber compartido el crédito de «Escrita por» con una, dos, tres, o hasta cuatro personas.

* * *

Quince por ciento de batería.

Alguien en la cuadra de enfrente escucha a Vilma Palma e Vampiros.

Santiago me preguntó si el ukulele con sólo tres cuerdas no corría el riesgo de descalibrarse.

El revólver en su mano derecha había dejado de existir.

Se alejó varios pasos, repasó el sótano de una mirada, luego me clavó unos ojos repentinamente llenos de lágrimas.

Quería decirme algo.

Quizá pedirme perdón.

Aceptar que había cometido un crimen, un acto atroz, un acto que pertenecía a una película de Haneke, de su período austríaco, no a la realidad.

Pero aquélla no era la realidad.

Al menos no la realidad de este suelo helado.

Santiago había inventado su propia realidad, un mundo que bailaba a su alrededor, sometido a sus reglas.

¿Qué hicimos, Pablo?, me dijo. Noventa y siete millones, más cincuenta en publicidad. Armamos un quilombo bárbaro. Yo dejándote solo tantos días, vos rascándote los huevos hasta la última noche… Está bien, tarde noche… y madrugada… yo aceptando como final un borrador que estaba muy lejos de ser final. Pero a todos les encantó el guión. Y eso me confundió aún más. Nos engañaste a todos. Engañaste a gran parte de Hollywood. Engañaste a los financistas turcos, tipos que ganan fortunas vendiendo armas y otras cosas que es mejor ni saber. ¿Lo hiciste a propósito? ¿Era tu forma de vengarte? ¿Por qué mierda escribiste ese guión?

Me apoyó el revólver en la frente.

Disparó.

Clic.

Las piernas me temblaban.

Hice lo posible por evitar que me castañetearan los dientes.

Pensé en agarrarle la muñeca, pegarle una patada en los huevos, un rodillazo en el hígado.

Si lo hiciste a propósito lo entiendo, Pablo, dijo. No te lo voy a perdonar nunca, pero lo entiendo.

Giró el tambor, me apuntó entre los ojos, disparó.

Clic.

No hice nada a propósito, dije. Simplemente escribí el mejor guión que pude en una tarde noche y madrugada. Tuve que dejar de lado todo lo que habíamos hecho para poder escribirlo. La estructuración de la historia era un dique de cinco kilómetros de grosor que no dejaba que las palabras se desparramaran. Tuve que desnudarme. Tuve que romper el dique a mazazos y desnudarme y…

Clic.

Ad Fundum es una película rápidamente olvidable.

Estoy seguro de que así lo quiso Santiago.

Lo quiso sin darse cuenta.

Inconscientemente tiró la película por un barranco.

Se esforzó por conseguir el mayor grado de insignificancia, la insignificancia más pura, porque desde un principio supo que no le pertenecía.

Ninguno de los guiones anteriores fue suyo, pero esta vez lo supo.

Admiró lo que leía, e intentó convencerse de que le pertenecía, de que había salido de él, pero no pudo convencerse.

Al gritar «Acción» supo que la escena que estaba por dirigir era mi escena, y entonces se ubicó detrás y la empujó suavemente al barranco.

Una escena en silla de ruedas cayendo al…

Clic.

Empezó a golpearse la sien derecha con la culata del revólver.

Hilario ya debe haberla visto, dijo. Y no me atiende, ni me contesta los mails. Mi hijo ya no es mi hijo, Pablo. Decidió dejar de ser mi hijo.

Giró el tambor, me apuntó al pecho y disparó.

Clic.

No pasan autos.

Un gato negro saltó del único árbol a la vista, y se me acercó dubitativamente, y se detuvo, y giró de forma brusca y se unificó con el negro de la noche.

En Buenos Aires, el negro de la noche no es negro.

El sótano podía ser completamente negro y silencioso; tan negro y silencioso que las paredes y el techo dejaban de existir; podía caminar en línea recta por horas sin chocarme con nada.

A Santiago se le había apagado la luz de la cabeza.

No sé cuánto tiempo pasó repitiéndose, girando el tambor y apuntando y disparando, clic; culpándome de haberlo estafado, culpando a todos los que habían trabajado en la película que debía cambiar la historia del cine mundial y no la cambió de no haberse dado cuenta.

Horas y horas de preproducción, dijo, y nadie vino a advertirme que estaba cometiendo un error.

Mientras me apuntaba y soltaba palabras, yo imaginaba una versión diminuta de Santiago dando vueltas por el cuarto oscuro que era su mente, la misma mente que sostenía el revólver, imaginaba al diminuto Santiago dando pasitos en círculo, canturreando una canción de cuna que le solía cantar a su hijo Hilario cuando tenía dificultades para dormir.

Me pregunto si Spinetta les habrá cantado canciones de cuna a sus hijos: las canciones de cuna más hermosas del mundo, con su voz de carámbano de hielo que gotea derritiéndose sobre un hogar encendido.

La gente en el cine prácticamente no emitió sonido durante las dos horas de película.

Ni risas ni llantos ni suspiros.

Mandíbulas masticando pochoclo.

Una tos.

Tres personas se fueron antes del final del segundo acto.

Meryl Streep es el único de los actores que se apropió de su personaje y le dio algo de vida.

Me hubiera gustado conocer a la mujer que es Meryl Streep en la película.

Son varios los personajes de la historia del cine mundial que me gustaría conocer, más de lo que me gustaría conocer a los actores que interpretaron a esos personajes.

Antonio Salieri.

Barton Fink.

Guido Anselmi.

Annie Hall.

Tom Hagen.

Erika Kohut.

Frank the Tank.

Dorothy Vallens.

* * *

Tal vez me hagan un homenaje en Argentores.

Tal vez Argentores me consiga un abogado con el que demandar a los herederos de Santiago, aunque ignoro si Argentores consigue abogados para escritores sin plata que los necesitan.

Santiago me debe fortunas.

No le costaba nada hacerle llegar a mi vieja la parte del caché de guionista que me tocaba.

Entiendo que no es fácil justificar que un anónimo le regale miles de dólares a una mujer de clase media en Buenos Aires, pero en todo caso podría haber sido decisión de mi vieja, qué hacer con la plata: quedársela y no decir ni mu, regalarla, o denunciarla a la policía.

Aunque lo más probable, si mi vieja hubiera recibido un bolso con miles de dólares de un anónimo, es que habría pensado que se trataba de mí, que era yo el que le mandaba esa plata, y no habría podido vivir en paz, reconstruir su vida sin mí.

Deseo con el alma que mi vieja haya reconstruido su vida tras mi desaparición.

Y ahora vuelvo para forzarla a re-reconstruirla.

O no, a volver a lo de antes, a lo que éramos antes de Santiago, pero mejor, porque la tragedia va a unirnos aún más, va a permitirnos disfrutar de nuestra vida sin lujos sintiéndonos al mismo tiempo las personas más ricas del mundo.

No, es ridículo volver a lo de antes.

Santiago tuvo que morir para que yo…

Santiago ya no podía mirarse a la cara; una cara en el espejo que no quería cagarlo a trompadas, no, que tampoco pedía ser cagada a trompadas, no, una cara en el espejo que se le cagaba de risa.

No había nada para él luego de matarme.

Santiago traicionó todo lo que era porque no pudo aceptar que…

Salieri traicionó todo lo que era porque no pudo aceptar no ser el compositor que le componía melodías a Dios.

Pero luego de empujar a un Mozart enfermo a la muerte forzándolo a trabajar en el *Réquiem*, su propio *Réquiem*, el de Mozart (aunque Mozart no sabía que era su propio *Réquiem*, no, para él era un simple encargo; o no, no tan simple, porque necesitaba la plata, y además el encargo venía de una figura desconocida que se le había presentado con la máscara de su padre muerto), no tuvo otra opción más que enloquecer (Salieri), o que pretender estar loco y así arrancarse de su lugar en el mundo, un lugar de privilegio.

¿Hubiera preferido que Santiago me matase?

No.

¿No?

No.

Ahora me toca vivir a mí.

No *vivir como antes*, ya no puedo vivir como antes.

Mis olores ya no son los mismos.

Si mi vieja aún existe, es probable que no me reconozca con los ojos cerrados.

Las hemorroides me laten.

Me olvidé las pastillas masticables.

Nueve por ciento de batería.

Nueve es igual a tres treses.

Tengo ganas de dar vueltas en bicicleta; una de esas bicicletas de paseo, las otras te rompen el culo, y mi culo ya fue roto por las hemorroides.

¿Mi vieja tendrá hemorroides?

Todo el mundo tiene hemorroides.

Al planeta Tierra le cuelgan un par de hemorroides al rojo vivo: las islas Malvinas.

Me levanto y toco el portero otra vez.

Si no me atiende, despierto a un vecino.

Espero que Norma haya dejado el cuerpo de Santiago tirado en el sótano y se haya rajado de vuelta a México.

Lo más probable es que aún se encuentre de rodillas fregando la sangre del suelo y las paredes y el rectángulo de luz, el pobre rectángulo que tanta compañía me hizo.

Tendría que construirme uno en el cuarto.

Mañana voy a ir a un locutorio a imprimir el guión del pibe que arroja a su familia en el pozo, y luego voy a llamar a Lisandro y contarle lo que pasó, y tras un rato de abrazos y llanto le voy a pedir que me pase el número de teléfono y dirección de las mejores productoras de cine de Buenos Aires.

No es necesario ir a un locutorio a imprimir el guión del pibe que arroja a su familia en el pozo, puedo pedirle a Lisandro que me pase las direcciones de mail de las mejores productoras de cine de Buenos Aires y mandarles una copia en PDF con una dedicatoria en la primera página:

«A Santiago Salvatierra, el más grande director de cine latinoamericano de todos los tiempos».

* * *

Ocho por ciento.

Me acabo de dar cuenta, mientras tipeo esto, de que no puedo dejar de tipearlo.

Me da pánico liberarme de la obligación de escribir este cuaderno tachado que ya hace rato dejó de ser un cuaderno tachado.

Esto es lo que soy en realidad: estas pocas páginas apresuradas.

Ya no sé lo que soy afuera de estas páginas.

Me da pánico asomarme.

Incluso el guión de *Ad Fundum* fue escrito en estas páginas que ya no son páginas.

Este *texto*.

Debería seleccionar el guión entero y copiarlo y pegarlo en medio de este texto miserable, cobarde, pero real, más real que la realidad afuera de este texto.

El cuaderno tachado es un buen título.

¿Cómo se escribe *Cuaderno tachado* en latín?

Beckett vive en los párrafos de su trilogía que no es una trilogía, su vida afuera de esos párrafos no importa.

La vida de Jack Nicholson afuera de la pantalla no importa.

La vida de Meryl Streep afuera de la pantalla no importa.

Los grandes actores saben meterse en las escenas y vivir, ser ellos mismos en escenas preexistentes.

Eso es lo que tengo que hacer ahora: ser yo mismo en una realidad preexistente, meterme en una escena que fue filmada hace tiempo y tratar de encontrar mi lugar, reencontrarlo; o meterme en mí mismo, la versión de mí que yo era antes del sótano, y tratar de encontrar mi lugar, reencontrarlo.

Santiago volvió a preguntarme por qué había escrito el guión.

No supe qué responder más allá de:

Porque es lo único que sé hacer.

Giró el tambor, me apuntó a la cara y disparó.

Clic.

Giró el tambor, me apuntó a la cara y disparó.

Clic.

Giró el tambor, me apuntó a la cara y disparó.

Clic.

Giró el tambor, me apuntó a la cara y disparó.

Clic.

Me largué a llorar.

Santiago se quedó quieto mirándome soltar lágrimas y mocos.

Silencio.

Me pareció oír a Norma del otro lado de la puerta: dijo algo que ninguno de los dos entendimos, aunque no tengo manera de saber si Santiago lo entendió o no.

Supuse que tal vez lo mejor era decirle a Santiago que sí, que tenía razón, que había escrito un guión que era un engaño, un truco de cartas, para cagarlo, para vengarme, pero no se lo dije porque no era verdad, había escrito el mejor guión posible, las mejores escenas posibles en esas pocas horas de tarde noche y madrugada, para ayudarlo, con la intención de que juntos pudiéramos cambiar la historia del cine mundial, aunque nadie supiera nunca que la habíamos cambiado juntos, lo mejor de mí en esas páginas, sentado en un colchón que flotaba, no estuve en el sótano mientras escribía esas páginas, no estuve en lado alguno que no fueran esas páginas, esas escenas, esos personajes, esos diálogos que me salían como un meo interminable, el meo más placentero, el meo que sostenemos por mucho tiempo, hasta casi explotar, y luego al soltarlo nos libera de los males del mundo.

Pero no le dije nada de eso.

El llanto me obligaba a toser y me tapaba los oídos, y el rostro de Santiago, ahí, quieto, sosteniendo el revólver, me sacudía aún más, hasta que lo vi girar el tambor otra vez, y apuntarme a la cara destrozada por el llanto, y las piernas me empezaron a temblar como cada vez que Santiago me apuntaba, pero no disparó, se apuntó a la sien derecha, y entonces sí disparó, clic, y giró el tambor otra vez, y me apuntó, y disparó, clic, y giró el tambor, y se apuntó, y disparó, clic, y giró el tambor, y me apuntó, y disparó, clic, y giró el tambor, y se apuntó, y disparó, clic, y giró el tambor, y me apuntó, y disparó, clic, y giró el tambor, y se apuntó, y disparó.

* * *

El llanto se me cortó de golpe, como si alguien que no podía ver me hubiese encajado un sopapo.

No quería ver el cuerpo de Santiago.

Era imposible no verlo.

Intenté comprobar si estaba muerto: no había pulso ni en las muñecas ni el cuello.

El balazo resonaba esperando que abriese la puerta y lo dejase salir.

Pero la puerta estaba cerrada.

¿O no?

Nunca había visto a Santiago cerrar la puerta con llave.

Tampoco a Norma.

Suponía que la puerta se cerraba sola: una traba automática, un sistema complejo, o no tan complejo, complejo para mí, similar al de las prisiones de alta seguridad.

Caminé hasta la puerta cerrada y giré el picaporte.

Se abrió con facilidad.

Siempre estuvo abierta, me dije. Siempre. Durante años me negué a creer que la puerta estaba abierta. Me convencí de que el sótano era una celda perfecta.

No, me dije, la puerta había estado siempre cerrada. Siempre. Santiago la dejó abierta ayer a la mañana, porque de alguna manera sabía que el revólver iba a elegirlo a él. Cuando bajó al sótano ayer, sabía que no iba a salir con vida.

Construyó el sótano para encerrarme y forzarme a punta de revólver a que le escribiera los guiones, y seis tratamientos publicitarios (uno para Apple, uno para Samsung, uno para Pepsi, tres para Nike), sin saber que en realidad estaba construyendo su propia tumba.

Ni señales de Norma en la escalera.

Cuando puse un pie en el primer escalón, temí que al final de la escalera no hubiese nada; un temor injustificado quizá, pero que me paralizó, y la imagen de una escalera que subía y subía sin llegar a ningún lado me empujó de vuelta al sótano.

Pero el sótano pertenecía a Santiago, a su cuerpo inerte; la única tumba en el mundo con baño.

Tuve que mirarlo una última vez, y despedirme, y reprimir las ganas de correr y pegarle una patada en el culo, cien patadas en el culo hasta convencerme de que nada de Santiago quedaba en ese cuerpo idiota.

El universo al final de la escalera seguía existiendo.

Acá está, rodeándome…

No, *sosteniéndome*, al igual que sostiene todo lo que vive y lo que no.

Un universo que según Santiago no cambia artísticamente desde hace mucho tiempo.

No sé si voy a poder volver a mi vida de antes.

Tampoco sé si voy a poder empezar una nueva vida.

No sé cómo voy a lidiar con la no existencia de mi vieja, si es que mi vieja ya no existe.

No sé si voy a extrañar el sótano, si voy a mirarme un día en un espejo y descubrir que el sótano está dentro de mí, que yo soy el sótano.

Sólo sé que soy capaz de escribir un buen guión de cine.

No sé si uno genial, pero sí uno bueno, mucho mejor que muchos de los guiones que se consideran buenos.

* * *

Cinco por ciento.

No sé qué voy a hacer cuando me quede sin batería.

¿Busco un bar abierto con una mesa junto a un enchufe de tres patas?

No, tengo que esperar a mi vieja.

Saco la birome y continúo escribiendo en mi brazo izquierdo.

Ya no puedo no escribir, al menos hasta saber qué pasó con mi vieja.

Aún no puedo ser, existir, afuera de este texto informe, incorregible.

Un texto imposible de adaptar a guión de cine.

Espero que mi vieja me crea cuando le cuente que escribí esos guiones.

Espero que me crea cuando le diga que estoy bien, que la vida en el sótano no fue un infierno, que lo único que perdí fue tiempo y pelo y esas piedras en la vesícula que alguien que no conozco ni voy a conocer me quitó sin que me diera cuenta.

La sensación insacudible de que si mi vieja aparece y me encuentra acá sentado, tipeando como un mono en éxtasis, me va a pedir que me levante, y me va a abrazar con todas sus fuerzas, y ese abrazo va a ser como abrir la puerta del sótano, un sótano que soy yo y al que ella va a entrar para no salir nunca más.

Quizá tenga que ponerme de pie y alejarme.

Simplemente alejarme.

* * *

Cuatro por ciento.

En el baño de Santiago me limpié manchas de sangre y seso del cuello y la frente, froté hasta que desaparecieron.

Un puntito bordó en el lóbulo izquierdo.

Tomé litros de agua de la canilla.

No sé si litros, pero sí varios manojos.

No sé si «manojos» es la palabra correcta.

¿Cómo se le dice a la porción de agua que uno junta con sus palmas?

Pensé en darme una ducha, pero me pareció una falta de respeto ducharme con Norma llorando en la cocina.

Había desarrollado una especie de simpatía por Norma, y más aún en los minutos posteriores al suicidio de Santiago.

¿Suicidio?

¿Morir jugando a la ruleta rusa es suicidarse?

Santiago murió asesinado por su propio revólver.

Un revólver que él mismo sostenía, que él mismo apuntó a su

sien derecha, con un tambor que él mismo giró, pero que… es decir, fue el revólver el que decidió matarlo, el que decidió que Santiago, y no yo, debía morir.

Le tendría que haber propuesto casamiento a Norma, traérmela conmigo a Capital; dormir en la cama king con Norma y mi vieja, yo en el medio.

A la mañana, mi vieja me prepararía el café con leche batido y Norma el platito con fruta.

Debería haberme robado libros de la biblioteca de Santiago.

La trilogía de Beckett que no es una trilogía, aunque dudo de que Santiago la tuviese.

Podría haber empezado a leerla ahora cuando se me acabe la batería.

Tres por ciento.

La luz de planta baja es más que suficiente.

Me voy a calzar los auriculares Califone y escuchar la discografía de los Beatles, en orden, hasta que alguien me lleve por delante.

No hay autos, ni personas caminando.

No hay luces en el fragmento de edificio del otro lado de la calle.

McCartney canta «Do You Want to Know a Secret».

Como un boludo, no me di cuenta de que la música va a comerse rápidamente lo que queda de batería.

Uno por ciento.

Tres canciones, hubiera rogado Santiago.

Alguien me mira.

Creo que es el portero.

No le digo nada porque estoy tipeando esto en la *sticky* amarilla.

«A Taste of Honey.»

Una tostada con manteca y miel; morder una punta y mezclarla en la boca con café con leche batido.

El chile poblano quedó en el pasado.

No, en las hemorroides.

El portero que no sé si es un portero me habla.

No levanto la vista porque tengo que tipear esto que estoy tipeando ahora.

Tipeo que tengo que tipear esto que estoy tipeando ahora.

No existe la palabra «tipear».

«There's a Place.»

La voz de Lennon es un sótano de color blanco furioso en el que se puede vivir.

El portero me va a poner una mano en el hombro.

Golpeo las teclas con letras que escriben en la *sticky* amarilla que la mano del portero se acaba de posar en mi hombro.

Supongo que el texto se guarda solo, que no tengo que ir a File y

Índice

Primera edición: marzo de 2018

© 2018, Nicolás Giacobone
© 2018, Penguin Random House Grupo Editorial, S. A. U.
Travessera de Gràcia, 47-49. 08021 Barcelona

Printed in Spain – Impreso en España

ISBN: 978-84-17125-54-7
Depósito legal: B-294-2018

Compuesto en La Nueva Edimac, S. L.
Impreso en Egedsa (Sabadell, Barcelona)

RK 25547

Penguin
Random House
Grupo Editorial

Papel certificado por el Forest Stewardship Council®